心理罪6
番外

雷米 —— 著

重庆出版社

图书在版编目（CIP）数据

心理罪. 番外 / 雷米著. — 重庆：重庆出版社,
2021.8
ISBN 978-7-229-15871-2

Ⅰ. ①心… Ⅱ. ①雷… Ⅲ. ①推理小说—中国—当代
Ⅳ. ①I247.5

中国版本图书馆CIP数据核字（2021）第106854号

心理罪：番外
雷米　著

策　　划：华章同人
出版监制：徐宪江　连　果
责任编辑：王晓芹
营销编辑：史青苗　刘晓艳
责任印制：梁善池
书籍设计：重庆出版社艺术设计有限公司
插图绘制：西索千寻 1340989801@qq.com

出　　版：重庆出版社
（重庆市南岸区南滨路162号1幢）
发　　行：重庆出版社有限责任公司
印　　刷：北京博海升彩色印刷有限公司
邮购电话：010-85869375

全国新华书店经销

开　　本：880mm×1230mm　1/32　　印　　张：7　　字　　数：150千
版　　次：2021年8月第1版　　印　　次：2025年8月第6次印刷
定　　价：39.80元

如有印装质量问题，请致电023-68706683

自序

我的宇宙

2015年，《心理罪》系列小说第一季的收官之作《第七个读者》首次出版时，从未给自己的作品写过序的我，用一篇《命运光轮》作为这本书的序言。时隔7年，方木的故事仍旧在市场上长销不衰，并且，又将有装帧更加精美、内容更加丰富的新版《心理罪》面世。所以，我还想说点什么。

走上写作之路纯属偶然。即使由现在的我回望2006年4月的那个下午，仍然不知道是什么样的力量驱使我在空白word文档上敲下“第七个读者”这几个字。最初，我只是把文字当作自己与世界交流的方式，甚至是打算束之高阁的自言自语。然而，当方木这个人物引起越来越多读者的关注时，我才发现，他势必会离开我一厢情愿的约束，迈动双脚，走到阳光之下。

的确，是我赋予他生命，并任由他在纸面上横冲直撞。每当一位读者看到他的故事，并愿意接受他成为记忆中的一部分的时候，就会有一个全新的宇宙对方木打开。他就活在你们的世界里，和你们呼吸同样的空气，沐浴同样的阳光。

说实话，我很嫉妒方木。他可以自由穿梭于不同的头脑中，并在那些世界中被描绘成各种模样。他既可以徜徉于江南烟雨中，也可以跋涉在东北风雪里；既可以向弱者伸出援手，也可以对恶龙拔出利剑。方木是跨越了15年时空的存在，而我，只能做自己的囚徒。

很不甘心。因为，我也想去那些宇宙去看一看。

是的，宇宙。

彼此独立，茁壮生长，在相互碰撞的一瞬间，会爆发出璀璨的光芒。

同时，会不会又诞生出一个新的宇宙呢?

我曾经说过，我是一个不会保持沉默的人。只要还有话想说，我就不会停止去敲击键盘。即使在这彻底改变我的生活的5年中，我也没有放弃写作的想法。只要你们还在等，我就一定会回来。因为，我真的想做一个可以写很久的作者。因为，文字是我的堡垒、我的盔甲。我可以勇敢地做一个小小房间中的堂吉诃德，面向那些看不见的风车。文字永远具有治愈的力量。它是我和现实世界之间千丝万缕的联系，也是灵魂的栖身之所。更何况，在我身后，还有他们。

方木。邰伟。米楠。邢璐。边平。韩卫明。赵大姐。魏炯。岳筱慧。顾浩。苏琳。姜庭。姜玉淑……

以及，其他可能出现在你们宇宙中的人。

那里浩瀚无垠，充满未知，也充满各种可能。那些令我，也令你们意难平的人，实在不应该在某个时空中沦为无名之辈。

没错。我不会让他们沉睡于那些世界中。折叠空间也好，穿越虫洞也好，他们一定会跨越宇宙的边界，来到我的身边，来到你们的身边。

这是我的野心，也是命运中的必然。叹息之墙并非牢不可破。当他们在空中听到异样的声响，那座桥梁已经慢慢浮现出形状。

如果你想看到米楠和岳筱慧一同出现在犯罪现场；

如果你想看到邰伟和顾浩在二十年后对坐而饮；

如果你想看到赵大姐和姜玉淑在晾衣绳的两侧打开同一面床单；

如果你想看到方木和苏琳在深渊的边缘彼此凝望……

欢迎你来到雷米的宇宙。我的宇宙。

2021年7月　于沈阳

目录

毒树之果

天蒙蒙亮，老田头就起身了。

夏末秋初，清晨的空气还是有些凉。八道村里一片寂静，偶尔从远方传来几声零落的狗吠，倒显得这里更加安宁。

老田头轻轻地关好院门，披着外衣，背着手，出门了。

人上了年纪，睡眠就少。好在早上空气清新，出来遛遛弯也不错。老田头侍弄了一辈子庄稼地，虽然在城里工作的儿子一再提出要接他去城里享福，可是，老田头还是喜欢这里。听听鸟叫，闻闻稻田的香气，再看看金灿灿的苞米地，比城里的高楼大厦强多了。

太阳渐渐升起来，老田头在村中小路上慢慢地走，偶尔遇到几个早起的农人，就停下来打个招呼，聊几句。走着走着，老田头感觉小腹胀起来。他加快了脚步，直奔自家田地而去。

解大手要在自家的地里，这是祖祖辈辈传下的老规矩，老田头不能忘。

一路小跑。经过村东头老董家的时候，老田头做好了打招呼的准备。一抬头，却看见院子里空空荡荡的，并不见每天准时起来打扫的胡月娥。老田头一边嘀咕着，一边低头前行。刚迈出几步，他却突然停下了脚步。

刚才他看到的某件东西，似乎牢牢地刻在了他的视网膜上。

老田头转过身，手扶着篱笆院墙，探头向院子里看去。一瞥之下，他的眼睛一下子瞪圆了。

他揉揉眼睛，似乎不敢相信自己那一对昏花老眼。

几秒钟后，老田头想了想，小心翼翼地走到院门前，试着用手轻轻地推了一下。

门吱呀一声开了。

没锁。老田头的眉头皱得更紧。他向左右看看，整整身上披着的衣服，一步步向院子里的瓦房走去。

短短十几步，老田头的目光始终没有离开瓦房那两扇紧闭的铁门。

因为那两扇门的把手上，横贯着一根木棍。

老田头凑近铁门，眯起眼睛看着那根木棍，刚要伸手去拽，突然想到了什么，手又缩了回来。他的呼吸开始变得急促，转身向窗口走去。

窗台有点高，老田头踮起脚，仰着头，竭力向室内望去。

一瞬间，老田头就感到喉咙被人攥住了一样，同时，裤裆里一片湿热。

1998年。J大。

“至此，一切真相大白。”孙普扶扶眼镜，扫视了一下鸦雀无声的课堂，“A女士在心里觉得，如果母亲不到英国就不会遭遇车祸，而母亲之所以会去英国，完全是因为A女士的肺结核病需要到欧洲治疗。A女士同时还认为，自己的肺结核病，恰恰是因为没有听从母亲的劝告，少穿了衣服因而着凉的结果。”

有学生露出恍然大悟的表情，开始彼此交头接耳。

“所以说，A女士表面上所有的畏惧，”孙普抬腕看看手表，“其实都源自于她内心对母亲的内疚感。”

下课铃响。恰到好处。

“下周同一时间，再见。”

有学生笑起来，孙普挥挥手，学生们开始收拾课本和书包。他低头整理讲义和教案。讲台前，还围着几个不肯离去的学生。

“孙老师，之前您说过，”一个女孩热切地看着孙普发问，“畏惧是对性和攻击等冲动的抑制，这似乎解释不了A女士的案例啊。”

孙普笑笑，把讲义放进皮包里，微俯下身子，从眼镜上方看着女孩子。

“所以这个案例证明，与本能无关的心理创伤事件，也可能在心理防卫下产生对某种物体、情境或活动的畏惧。”

“这么说的话，”女孩面露疑惑，“心理学岂不是完全无规律可循？”

“那不正是心理学的迷人之处吗？”孙普微笑着反问。

女孩也笑了：“孙老师我懂了，我一定会好好学的。”

孙普挥挥手：“快去吃饭吧，要不排骨要被抢光了。”

学生们一哄而散。孙普拿下腰间一直在震动的寻呼机，只看了一眼，他眉头就皱起来。

八道村昔日的宁静已经被完全打破，村子里到处都是走访的警察，闪烁的警灯随处可见。虽已日上三竿，但在田地里操持农活的人寥寥无几，几乎全村的人都聚在了村东头老董家门口。这里已经被警方完全封锁起来，本就不大的院子里，村主任和当地治保委员会主任陪着几个现场勘查人员四处查看着。他们有热情，有同情，更有一种发自内心的恐惧。被隔离带拦在院外的人们却是一副没心没肺的样子，要么叼着烟，要么拄着锄头，大声议论着，小声嘀咕着。眼前的一幕，与其说让他们感到震惊，不如说让他们感到兴奋。

每个人都尽力踮起脚，仰着头，望向院子里的那间瓦房。

那里，发生了什么？

孙普也想知道。

在一个年轻警察的带领下，他费力地穿过拥挤的人群，直奔那间瓦房而去。在院子里工作的警察纷纷和孙普打招呼。孙普无心一一寒暄，遂点头致意了事。这个身着便装，却得到警察尊重的人，再次引起门口围观人群的一番窃窃私语。

“这肯定是领导啊……”

“看来出大事了……”

“这人少说也得是个局长吧？”

赵永贵站在门前，正在反复端详手里的一段木棍。看到孙普走来，他放下木棍，语气中颇有些埋怨。

“呼了你那么多遍，怎么才回电话？”

“我当时在上课。”孙普注意到他手里的木棍，“这是什么，凶器？”

“不是。”赵永贵苦笑一下，把木棍凑到孙普面前，“我们到现场的时候，这玩意儿就横插在门把手中间。”

木棍长约70厘米，直径4厘米左右，表面光滑，一端带着断裂的茬口，从断面上看，似乎是刚刚形成的。

“这好像是……”

“对。”赵永贵冲旁边努努嘴。一个痕迹勘查人员正拿着一把被折断把柄的铁锨往物证袋里装。

“铁锨把。”赵永贵继续说道，“看样子是踹断的。”

孙普“嗯”了一声，看了看敞开的入户门。

“凶手不想让她逃出来自行呼救。”

“不是她，”赵永贵的脸色一下子阴沉下来，“是她们。”

入户门是两扇漆成绿色的铁门。门上有铁质网格覆盖的玻璃，其中，右侧铁门的玻璃有破损，网格后由一张挂历纸临时遮挡。进入铁门后是门厅，物品简单，摆放有序。门厅右侧墙面上有一扇门，门后是仓库。门厅左侧，靠近门旁的位置是炉灶，上有一口黑色铁锅，锅内有尚未吃完的猪肉炖酸菜。炉灶旁是一扇木门，通往卧室，亦即主现场。

孙普刚刚推开主卧室的门，一股浓重的血腥味就扑面而来。他本能地侧过头去，而眼前的一幕却让他瞪大了眼睛。

被褥凌乱的火炕上血迹斑斑。一大一小，两具女性死者的尸体躺卧在凝固的血泊中。

年长女性死者尸长约1.6米，头北脚南，呈俯卧状，下身赤裸，头部低垂于炕沿之下。看不到面部，但后脑部已是血肉模糊的一团，浓密凌乱的长发被凝固的血液纠缠在一起，地面上也形成一片血迹。

年幼女性死者尸长约1.3米，头南脚北，呈仰卧状，头向右侧，眼微睁，左侧额角严重塌陷，有开放性创口。死者双腿分开，两腿间覆盖着一张报纸。

孙普眉头紧皱。他扭头看看赵永贵，后者点头：“现场物证都已经固定、提取完毕。”

“死因是颅脑损伤？”

“重型颅脑损伤。”站在一旁的法医老杨开口了，“凶器应该是一把锤子。”

“遗留在现场了？”

“没有。”赵永贵摇摇头，“我们把这里都找遍了，也没发现相符的凶器。”

孙普点点头，目光从尸体上移开，开始在室内来回巡视。很快，他注意到火炕右侧墙上的电灯线盒。线盒下，只有短短的一根细绳。

赵永贵捕捉到他的目光，也凑过去看。

“哦，灯绳。”

“我知道。”孙普走到火炕旁，“可是，你不觉得它太短了吗？”

赵永贵略思索了一下：“也是，如果人躺着，压根儿够不到这根灯绳。”

孙普抿起嘴，把左膝盖放在炕沿上，先低头看看枕头的位置，又调整了一下姿势，上身前倾，伸手在灯绳的末端做了一个切割的动作，然后向左后方一甩手。随即，他回头向左侧墙角看看，那里正是一排老旧的木质地柜，地面上空空如也。孙普又把目光投向右侧。

半截灯绳静静地躺在地面上。

孙普站直身体，指着那半截灯绳说道：“把那个提取一下。”

赵永贵冲手下挥挥手，脸色有些尴尬，似乎在暗恼自己居然忽略了这个细节。

“他大概是个左撇子。”孙普完全没注意到赵永贵的表情，四下扫视一番，“而且他在作案时还带着刀。”

赵永贵扭头面向身边的一个年轻侦查员，低声说道：“记下来。”

孙普的目光重新投射在两具尸体上，几分钟后，他突然问道：“这家的男主人呢？”

赵永贵翻出记事本，查看了一下，说道：“户主叫董双平，在黑龙江鹤岗打工。死者是他的妻子胡月娥和女儿董月。”

赵永贵顿了一下：“已经通知董双平了，他正在赶回来的路上。”

孙普点点头，上前一步，蹲在炕沿边，看着覆盖在年幼死者双腿间的报纸，嘴里喃喃自语：

“他为什么要用这张报纸呢？”

“哦？”法医老杨冷不防插话，“那是我给这孩子盖上的。”

“你？”孙普猛地回头，“你还动什么了？”

“没有啊，”老杨急忙解释，“我就盖了这张报纸，别的什么都没动。”

“老杨，”孙普站起身来，似乎在勉力控制自己的情绪，“原始现场才能有助于我分析凶手的心理，任何一点改动，都可能会影响我的判断。”

“我知道，孙老师。虽然我是法医，但我实在是看不下去。”老杨顿了一下，声音变得嘶哑，“我也有个差不多大的女儿。”

孙普盯着老杨看了几秒钟，脸色变得柔和许多。他上前一步，掀起那张报纸。

在场的所有人都倒吸一口冷气。

从分局出来，已是深夜。

远远地，孙普就看到“普巍心理康复中心”还亮着灯，他的心头一暖，加快了脚步。

魏巍还在等他，一见他进门，立刻从沙发上站起来。

“吃过饭没有？”

“在分局吃了一点。”孙普脱掉外套，把皮包甩在沙发上，一转身，就看到桌子上原封不动的饭菜。

“你还没吃？”

“嗯。”魏巍把手里的书插回书架，“等你来着。”

孙普看着她，笑笑。

“我陪你吃饭吧。”

“好。”魏巍去桌子上端盘子，想了想，又说道，“要不，你先休息一下吧。”

“不用。”孙普接过她手中的盘子，向沙发努努嘴，“你放着别动，我来。”

时至午夜，万籁俱寂。在一片黑暗中，只有这家位于居民区内的心理诊所还亮着一盏小小的灯。如果此刻有人路过那扇窗户，会看到一对男女对坐在桌前，吃着简单的饭菜，聊着平常的心事。

生活如斯，岁月静好。

他和她都在想，若能一直如此，岂不美妙？

吃过饭，孙普洗了个苹果给魏巍，自己扎着围裙去刷碗。魏巍一边咬着苹果，一边斜靠在厨房的门旁，看着孙普手脚麻利地洗刷着。

孙普偶尔回过头来，四目相对，又是一笑。

“今天有人来过吗？”孙普甩干盘子上的水珠，整整齐齐地码放在架子上。

“朱志超来过。”魏巍扔掉苹果核，“见你没在，和我聊了一会儿就回去了。”

“也难为他了，两地跑，来回要三个小时。”孙普擦干手，摘下围裙，拥着魏巍走出厨房。

“是啊，我今天也建议他去找C市的杨锦程教授，可是他不同意，坚决要在你这里治疗。”

“杨教授的水平也很高。”孙普笑笑，“可能是朱志超比较信任我吧——他的状态怎么样？”

“还可以吧，比上次要好一些。”魏巍犹豫了一下，“不过，狂躁状态还是挺明显的。”

“嗯，他需要长时间辅导。”孙普打了个哈欠，“下次他再来的时候，如果我不在，你就替我给他作辅导。”

“我可不敢，孙老师。”魏巍依偎过去，把头靠在孙普的胸口上，“你是专家，我可不是。”

“什么专家啊？”孙普笑笑，摸摸魏巍的头，“你就当毕业实习了。”

“你最近怎么这么忙？”魏巍轻抚着孙普的胸口，“又有案子吗？”

“嗯。”魏巍的抚弄让孙普觉得很舒服，眼睛半睁半闭，“我怀疑和前几起案件是同一个人干的。”

“那你会不会有危险？”魏巍半仰起头，看着孙普。

“傻瓜，我不会的。”孙普抚摸魏巍头发的动作越来越慢，“我又不去抓人。”

“自己小心点。”

“我会的，你放心。”孙普的声音低沉下去，“乔老师交给我的事情，不能办砸了。”

“你也是的，都破格提拔副教授了，就安心教书呗。”魏巍微嘟起嘴，“还有个诊所——干吗去参与那么吓人的事情？”

孙普没有回答。魏巍轻轻地离开他的怀抱，看到孙普歪倒在沙发上，已经发出轻轻的鼾声。

自1998年3月底，J市郊区接连发生四起入室强奸杀人案。第一起案件发生于3月28日凌晨2点左右，案发地点在J市丰水区五龙镇榆树村。被害人袁洁，女，41岁，寡居。凶手从窗口入室，强奸被害人后，用疑似锤子的钝器将被害人击打致死。室内有翻找痕迹，现金有丢失。

第二起案件发生于5月17日凌晨1点至4点左右，案发地点在J市丰水区江密镇鹿场村。被害人杨茂根，男，53岁；被害人于双华，女，50岁；被害人杨枝英，女，22岁，系杨茂根和于双华之女。凶手破坏纱门后入室。从现场痕迹来看，凶手入室后先割断灯绳及电话线，随即用疑似锤子的钝器击打杨茂根和于双华的头部致死。在强奸了被害人杨枝英之后，用同样手段将杨枝英杀死。于双华尸体亦有遭侮辱的迹象。室内有翻找痕迹，现金有丢失。

第三起案件发生于8月9日凌晨3点至5点左右，案发地点在J市天港区金珠乡亮门村。被害人王晓慧，女，37岁，独居，经营一家小卖店。凶手和平入室，室内有厮打痕迹，怀疑凶手将被害人拖至后室强奸后，用疑似锤子的钝器击打被害人头部致死。在死者阴道内及外裤上都发现精斑，经检验遗留者为A型血男性。小卖店内有翻找痕迹，当日营业款丢失。

第四起案件发生于9月3日凌晨2点至4点左右，案发地点在J市南港区三台镇八道村。被害人胡月娥，女，35岁；被害人董月，女，9岁。凶手翻墙入院，从铁门破损处开门入室，割断灯绳，强奸被害人胡月娥后，用疑似锤子的钝器将被害人击打致死；而后强奸被害人董月，并用同样手段将被害人杀死。室内有翻找痕迹，现金有丢失。

从现场勘查的情况来看，这四起案件的作案手法相似，现场均发现足迹若干枚，且都为39码胶鞋底，足迹特征相似；从被害人致死伤来看，疑为同一短柄铁锤所致；除“8・9”案件外，凶手行奸时都使用了避孕套，没有留下体液物证，但在现场提取到不属于被害人的毛发若干，经鉴定，均为A型血者遗留。

据此，警方决定将四起案件进行并案侦查，并成立专案组，由丰水区公安分局局长担任组长，赵永贵任副组长。此前，J大法学院乔允平教授曾受托对前两起案件进行分析。7月中旬，乔教授受邀出国访问，遂将系列案件交由他的得意门生孙普继续跟进。

清晨，J市丰水区公安分局。

孙普一脸疲惫，几步跳上水磨石台阶。刚穿过旋转门，就看到赵永贵坐在门旁的长椅上抽烟，看样子，也是心事重重。

看到孙普进来，赵永贵站起身，用力搓搓脸，迎过去。

“我们该派车去接你的，孙老师。”

“不用客气，这里离我家也不远。”孙普笑笑，“8点半开会？”

“嗯。”赵永贵看看身后的会议室，“人还没到齐呢。”

赵永贵递给孙普一支烟，又替他点燃。

“有什么新点子？”赵永贵看看孙普肩上挎着的皮包。

“我整理了一份嫌疑人的心理画像报告。”孙普吸了一口烟，脸上疲态尽显，“等会儿开会的时候再讲。”

“哦，”赵永贵顿了一下，“乔教授什么时候回来？”

孙普看了赵永贵一眼，笑笑：“下个月吧——怎么，信不过我？”

赵永贵急忙否认：“那不会，您和乔教授都是专家。”

“你怀疑我，怀疑心理画像技术都很正常。”孙普的表情轻松，“让结果说话吧。”

会上汇总了前三起案件的相关物证材料，并对新发生的“9・3”强奸杀人案的侦破进展进行通报。

相关人员汇报完毕后，与会者的目光都落在孙普身上。

那目光中有好奇，有猜疑，更有莫名的敌意。

孙普已经对这样的目光习以为常。一来，作为一个30岁出头的副教授已经很受人瞩目；二来，在“摸排查”的人海战术依然是侦查员固定思维模式的此时，犯罪心理痕迹还是一个新名词，甚至有相当多的人对犯罪心理画像闻所未闻。仅靠犯罪现场就能推测出犯罪嫌疑人的职业背景、家庭情况、幼年经历、性格习惯甚至体貌特征与穿着打扮？这未免太离谱了。

孙普抽出一支烟，点燃，慢慢地吸了一口，又拿出皮包里的一沓材料。此时，会议室里鸦雀无声，每个人的视线都紧紧地盯在他的动作上。

孙普笑笑。

在孙普看来，这四起强奸杀人案基本可以肯定为同一人所为。从生理属性来看，凶手为男性，年龄在35岁—45岁之间。身高在1.6—1.65米之间，体重在50—60公斤之间。身材矮小，偏瘦。体表特征不详。惯用手为左手，肢体无残疾。A型血。

之所以得出上述结论，一方面是依据现场取得的足迹、体毛及精斑等物证，经分析得出；另一方面，凶手的作案时间多集中于深夜至凌晨时段，此时是人的睡眠最深沉的阶段。从四个案发现场的情况来看，多数被害人是在睡梦中被铁锤击打头部致死，几乎没有反抗。由此可推断，凶手对自身体格所具有的犯罪能力并不自信，故而采用在被害人无知觉状态下杀人的手段来排除反抗。此外，“8·9”案件现场的情况反映出，凶手行奸时曾与被害人有过较激烈的撕扯，而被害人身高1.61米，体重46公斤。由此可推断凶手身材矮小且不甚强壮。

从社会属性来看，凶手未婚或已离异，结合凶手的年龄，后者的可能性较大。独居或无固定住所。经济状况不好，个人卫生习惯较差，居所处物品摆放杂乱，生活习惯不良。反映在凶手的外貌上，应该衣着邋遢，长发脏且乱，可能蓄须。

从地域属性来看，四起案件均无现场感知人。因此，凶手的口音等信息无从推断。但是，四起案件均发生在J市周边农村地区。据此，可推断凶手为本地人，农村户口的可能性较大。平日里的主要活动场所应该在城乡接合部。

从心理属性来看，凶手明显有异于常人。四起案件的被害人主要为女性，且无一例外，均遭遇性侵。从他侮辱被害人尸体及性侵不足10岁女童的行为来看，凶手的性行为高度反常，由此可推断，凶手存在高度人格障碍。

首先，凶手的作案手法具有高度破坏性和攻击性。从现场情况来看，凶手入室后，先切断电源或电话线，随即立刻对被害人进行攻击。排除男性被害人反抗后，对女性被害人实施奸淫。满足性欲后，立刻毫不留情地杀害被侵犯对象甚至灭门。在“9・3”案件中，凶手作案后，离开现场时用折断的铁锹把将门从外锁住，以此断送被害人求生的最后可能，置其于死地的意图非常明显。

其次，凶手存在异常的性欲亢进状态。在“5・17”案件中，凶手在强奸并杀死被害人杨枝英之后，似乎并未完全满足性欲，又对已死亡的于双华的尸体进行侮辱。从现场情况来看，凶手在侮辱尸体时并未对于双华血肉模糊的头部进行遮盖。在凶手眼里，这具已经开始僵硬的尸体并不曾是一个活生生的人，仅仅是可供奸入的女性器官而已。在“9・3”案件中，凶手同样在强奸杀人后，又性侵9岁的被害人董月。尸检情况表明，因董月年龄尚小，发育不成熟，凶手为了能够行奸，用刀割裂被害人的外阴。上述案情都显示出凶手对性的高度渴望，以及对他人生命的极度漠视。

最后，四起案件的现场情况都表明，凶手在强奸杀人后，都对现场进行翻找并窃得现金若干后离开。由此可以推断，凶手的作案动机有两个，通俗地讲，一是性，二是钱。孙普认为，凶手的内心需要只剩下起码的本能，那么他的自我认同感一定较低，与外界的沟通能力较差。因此，凶手的社会地位不高，并不能从事技能性工作。

从既往犯罪属性来看，“3·28”强奸杀人案并非凶手初次作案，他应该有犯罪前科，并极有可能与性犯罪有关。同时，凶手应该曾受过刑事处罚，并具有一定的犯罪能力及反侦查能力。这一点，从他在作案时割断灯绳、电线及电话线，以及行奸时使用避孕套可见一斑。

综上，孙普建议专案组在案发地附近村庄及城乡接合部排查具有上述特征的男性。同时，孙普认为，因凶手异常的性欲亢进状态，他很可能会经常流连于低档洗头房、按摩院、个体旅店等隐蔽色情场所。他在四个案发现场所取得的财物，除了必要的生活支出外，会在此类场所中挥霍。以此为线索进行排查，应该会有收获。

最后，孙普提出，以凶手的作案规律来看，当他无法从别的渠道满足性欲的时候，就很可能会再次强奸杀人。因此，针对他的侦查活动，必须讲求效率。

尽快结案。这也是专案组的迫切愿望。接连发生四起命案，已经引起省公安厅的高度重视，省厅责令市局立下军令状，限期破案。

压力之下，专案组的成员们都紧张起来，各项调查工作也已经迅速展开。然而，丰水区是J市最大的区域，下辖多个村镇。虽然孙普的分析已经将排查范围大大缩小，可是，这种类似天方夜谭般的“画像”，靠得住么？

对孙普最有信心的，还是赵永贵。这位已经从警近20年的老警察，一直苦于自己的文化水平不高。所以，他对知识权威抱有近乎虔诚的崇拜。在此前发生的几起恶性案件中，J大的乔允平教授为案件的侦破提供了很大的帮助，这更让赵永贵对犯罪心理画像技术深信不疑。

乔教授虽然不在，他亲自推荐的高徒，应该也不会差。

孙普表面上安之若素，内心却比专案组的任何人都焦虑。此前乔教授曾交由他办过几个案子，虽然都顺利结案，但案件的代表性都不强，也缺少典型意义。对孙普而言，参与侦办的这几起案件，只是积累资料而已，换句话来说，权当练练手。在他心里，有一个更加宏伟的梦想。

犯罪心理画像技术源自西方，最早的特征数据库建立于20世纪70年代末的美国联邦调查局（FBI）行为科学部。这种技术引入中国后，国内学者对此也展开了深入研究。然而，犯罪心理画像技术不像DNA检测技术那样有现成的结论可资利用。除了基本理论之外，心理指标和特征数据都基本没有参考价值。主要原因在于，东西方人在历史、文化、宗教、人种、价值观念上存在着巨大差异，这将直接影响到个体的行为模式。

孙普的梦想就是，尽快建立中国人的心理指标体系和行为特征数据库。这势必会非常艰难并耗时费力。然而，中国犯罪心理画像技术的奠基人——这个头衔太有诱惑力了。

这四起连环杀人案，无论从典型意义还是从案例价值上，都绝不能错过。

所以，他不能，也不允许自己失败。

让孙普始料未及的是，仅仅几天后，案件侦破就有了重大进展。

专案组按照孙普提供的嫌疑人特征在指定范围内进行排查，同时对附近居民进行走访，双管齐下，一个嫌疑人渐渐进入专案组的视野。

王永利，男，41岁，离异，小学文化，户籍所在地为金珠乡亮门村，亦即“8·9”强奸杀人案的案发地。王永利小学毕业后就在家务农，农闲时随有木匠手艺的父亲在附近村镇打零工。1985年10月，王永利和同村妇女董某登记结婚，婚后育有一女。因王永利好吃懒做，又有流氓习气，夫妻感情不佳。王永利的父母在1989年和1992年相继离世。1993年，王永利因猥亵妇女，被以流氓罪判处有期徒刑四年。同年，董某与王永利协议离婚，王永利只分得瓦房两间，女儿归女方抚养。1996年，王永利经减刑半年后刑满释放。他回到原籍后，因生活无着，只能重操旧业，在附近村镇做木匠零活维生，据熟悉王永利的村民讲，王永利是个左撇子。

走访结果显示，王永利出狱后，不仅没有接受改造，反而劣性更甚。即使受雇干木匠活，也因多次对雇主家的女性出言调戏或动手动脚，被雇主责打。因此，王永利的收入情况不佳，勉力维持生计。“8·9”强奸杀人案案发后，有村民看见王永利曾去现场围观，表情紧张，第二天就带着木匠工具进城，至今未归。后公安机关在五龙镇一家个体小旅店里将王永利抓获。

这个消息让孙普兴奋莫名。他在王永利归案后立即调取了全部资料，彻夜研读，同时敦促专案组尽快将王永利的个人特征与现场提取到的物证痕迹进行比对。

经查，王永利身高1.63米，被抓捕时脚穿一双39码的解放牌胶鞋，并随身携带木匠工具包，内有锤子、凿子、锯子、刀具等木匠工具。警方对王永利的住宅进行搜查，发现大量内容低俗的书刊、杂志及裸体扑克、海报等。室内物品摆放杂乱，脏污不堪。经鉴定，王永利为A型血，在“8・9”强奸杀人案中提取到的精斑为王永利所留。

无论是孙普对嫌疑人的画像，还是警方掌握的物证，都将目标指向王永利。

王永利的作案嫌疑迅速上升。

“可是，还有问题啊。”赵永贵皱着眉头，叼着烟，翻看着手边的一沓材料，“足迹鉴定那边说虽然鞋码、鞋底花纹都对得上，但是磨损形态不同，行走习惯也不一样。”

“那个问题不大。”孙普的注意力似乎并不在足迹上，“任何鉴定都是有一定误差的，让他们再重新做一次——你看这个。”

那是一份访谈笔录，赵永贵翻看完毕，脸上是疑惑的表情。

“这有什么用？”赵永贵把笔录递还给孙普，“不就是说这小子从小就不咋样么？”

“这份笔录是王永利的邻居提供的。”孙普笑笑，“老头今年60多岁了，按他的话来讲，王永利是他看着长大的。这份笔录对证明王永利犯罪没什么作用，但至少验证了我的推测。”

笔录显示：王永利从小就不是一个听话的孩子。上小学的时候，他就因为父母和村民的争执，半夜去点燃了对方家里的草垛。幸亏被人发现，扑救及时，否则会酿成大祸。后来念及他只是个孩子，由家里赔钱道歉了事。按照这位老邻居的话来讲，王永利是个挺“顾弄”（东北方言，意指个性孤僻、阴险）的人。一般的孩子看到野猫野狗，心眼好的，就弄点吃的给它们。王永利恰恰相反，一旦他逮到这些小动物，就会慢慢把它们折磨到死。老邻居曾见过王永利往老鼠身上淋灯油，然后点燃。看着浑身着火的老鼠在地上疯窜，王永利比过年放鞭炮都兴奋。此外，王永利从小就有尿床的毛病，邻居们经常看到王永利的母亲骂骂咧咧地把尿湿的褥子挂在院子里晾晒。这个毛病，直到王永利成年后才慢慢克服。

看到赵永贵依旧是一副不明就里的样子，孙普继续解释道：

“你应该已经从这份笔录里提取到三个关键词：幼年时期的纵火、尿床和虐待小动物。”

赵永贵略一思索，点点头。

“西方犯罪学已经证明，幼年时期有这三种劣迹合一的人，在成年后从事犯罪——特别是性犯罪的可能性很高。”孙普的表情渐渐归于凝重，“1976年，连环杀人犯‘先知撒母耳之子’大卫·伯科威茨承认，他在幼年时曾有1000多次纵火的记录，同时，他也虐待动物。”

赵永贵大张着嘴，愣了半天，又看看手里的资料。

“流氓罪……前科……”赵永贵自言自语，抬头看着孙普，“这么说，这小子还真对得上号啊。”

“我觉得就是他。”孙普的语气坚决，他抬手看看手表，“你们不是常说，‘口供是证据之王’么，怎么撬开他的嘴，就看你们的了。”

说罢，孙普又补充了一句：“时间有限，越快越好。”

然而，对王永利的讯问却不甚顺利。王永利被抓捕时，连称“王晓慧不是我杀的”，这句话显示出王永利是案件的知情人，作案嫌疑陡然上升。在预审时，王永利辩称自己虽然认识王晓慧，但并未杀人。在警方拿出精斑鉴定结论后，王永利只得承认8月9日凌晨0点左右，他曾和王晓慧发生性关系，但依旧否认杀人。

据王永利供称，自从他刑满释放后，虽然回到村里，但是已然妻离子散。因他的经济条件和刑事前科，再婚的难度很大。为解决生理需要，王永利频繁往来于村中和城里，把做木匠零活赚取的微薄收入都挥霍在那些洗头房、足疗店里。今年春季，王永利听说本村开小卖店的王晓慧生活作风不好，遂主动勾引，并很快苟合在一起。

据查，王晓慧，女，37岁，读中学时曾和某男教师有染，怀孕后被迫退学并做了人工流产。手术的后果可谓祸及一生，因医生操作不当，王晓慧从此失去了生育能力。同时，年少时的这桩丑闻，让王晓慧直到28岁才与本村的外来户卢某结婚。婚后，王晓慧仍旧不安分，先后与本村多名男子有染，加之不能生育，1996年，忍无可忍的卢某与王晓慧离婚，并返回山东老家。王晓慧离异后，独自经营一家小卖店。据村民反映，王晓慧明里开店，私下里却从事一些不可告人的勾当。和男性发生关系后，王晓慧会收取20至50块不等的费用。案发时，王永利和王晓慧已经保持了一段时间的不正当男女关系。

据王永利供称，当日凌晨，王永利怀揣刚刚赚得的40块钱前往王晓慧家，并与其发生了性关系。事后，王永利留下30块钱后离开。第二天一早，他得知王晓慧被害，前往现场围观。考虑到自己可能被列为嫌疑对象，王永利于当天进城躲避。由于王永利系独居，且凌晨时分前往王晓慧家，因此，王永利的以上供述无人证实。

不过，鉴定部门对王永利携带的木匠工具进行检查，并没发现残留物证，王永利所持铁锤也无法与死者的伤口做同一认定。

虽然所有人都坚信凶手就是王永利，但依旧缺乏证据。其中，最重要的，就是王永利的口供。

孙普匆匆推开“普巍心理康复中心”的门，正在沙发上对聊的魏巍和朱志超见他进来，都站了起来。

朱志超一副风尘仆仆的样子，伸出手来：“孙医生，你回来了？”

“抱歉抱歉。”孙普一边解下背包，一边伸出手来和朱志超握了握，“刚下课。”

“没事。”朱志超笑笑，“我也是刚到不久，和魏医生聊得挺好。”

孙普甩掉外套，从衣架上取下白大褂披在身上，又吩咐魏巍倒两杯茶来。

“怎么样，老朱，”孙普的声音中还有些微微的气喘，“看你气色不错。”

“还好。”朱志超有些不好意思地搔搔脑袋，“最近不那么心烦了。”

“看来治疗还是有作用的，要坚持下去，直到治愈为止。”

“嗯。”

魏巍端出两杯热茶来，一杯放在朱志超面前，另一杯放在孙普面前，然后，她把手臂搭在孙普肩膀上，笑吟吟地看着朱志超。

朱志超对她报以一笑。

孙普拍拍魏巍的手背，又向身后努努嘴，示意她回避一下。魏巍心领神会，冲朱志超微微颔首，转身进了内室。

孙普微向前探身，压低声音问道："性需求还那么强烈吗？"

朱志超的脸红了，顾不得烫嘴，举起茶杯喝了一大口，嗫嚅了半天才答道："还是挺想那事儿的。"

"你这个年纪，需求强烈也算正常。"孙普扶扶眼镜，"不过，性，应该是给双方都带来愉悦的事情——你要考虑对方的感受。"

"可傅华是我老婆啊。"朱志超瞪大眼睛，"她陪我睡觉，不是天经地义吗？"

"她的确是你的老婆。什么叫老婆，是生活伴侣，不仅仅意味着那件事。"孙普耐心地开导着，"你要多尊重她，多关心她，让她感受到你的爱，她自然就不会反感夫妻生活。"

"孙医生你不知道，"朱志超表情颓唐，"她拒绝我，我就烦躁得要命，浑身像着了火似的。"

这时，孙普的腰间突然鸣叫起来，他取下寻呼机，对朱志超做了个抱歉的手势。

"对不起——你接着说。"

朱志超点点头，自顾自地说下去。

"有时候，去阳台连抽几支烟也平静不下来，脑子里就是那件事……"

朱志超没注意到，孙普在看完寻呼机后脸色变得很难看，随即从皮包里拿出一沓材料，不住地翻看着。

“……我也觉得对不起老婆，但是看她挣扎反抗的样子，我自己挺兴奋的，更来劲了……孙医生，你说我是不是还有别的毛病？”

孙普毫无回应，依旧不停地翻看着手里的材料，表情焦虑。

“孙医生？”

孙普猛地回过神来，怔怔地看了朱志超几秒钟，随即连声道歉。

“对不起对不起。”孙普的额角闪闪发光，似乎已经沁出了汗水，“你刚才……说什么？”

朱志超不再回答，而是皱起眉头，定定地看着孙普。

在J市第二看守所的会见室里，孙普和赵永贵相对而坐，彼此无言，都在狠命地抽着烟。

王永利已归案数日，预审方面却进展缓慢，原以为会顺利拿下的口供却极其艰难。王永利始终对杀人一事矢口否认。目前，警方除了能证明王永利在8月9日凌晨与王晓慧发生过性关系以外，其他案件事实均无法证实。这条本应严丝合缝的证据链条，缺少的岂止是一环。

孙普感到不解，更感到焦虑。无论从早期经历、人格特征还是行为模式上，王永利都是他“画”出来的那个人。可是，就是这样一个家伙，一口咬定自己没有杀人。难道是自己的判断出现了错误？

不，不会的。孙普很快否定了这个念头。

我是不会犯错的。

“现在想想，这案子的疑点不少。”赵永贵又点燃一支烟，“如果王永利是凶手，为什么在其他三起案件中都使用了避孕套，偏偏在‘8·9’案件中没有用？他既然懂得逃避侦查，为什么又会留下体液物证呢？”

孙普略想了一下，慢慢说道：“可能有个细节你没有注意到，王永利只有在这起案件中是和平入室。他也许知道王晓慧生活作风不好，临时起意作案的可能性很大，身上没带避孕套也属正常。至于杀人……”孙普顿了一下，“也许是完事后，王永利试图取财，和王晓慧起了争执才下手杀人。”

“那凶器呢？”赵永贵马上反问道：“如果王永利临时起意作案，会带着锤子？”

“一个木匠，随身带着工具包很正常。”

“深更半夜还背着那么重的工具包四处游荡？”

“他刚从城里回来也说不定。”孙普的声音高起来，“老赵，这不是重点！”

“这就是重点！”赵永贵从嘴边取下烟，“王永利的锤子和死者的伤口对不上——凶器都无法做同一认定，我们怎么说服检察院起诉他？”

“他是一个木匠，”孙普似乎在竭力控制自己的情绪，“一个木匠有几把锤子，不行么？”

“孙老师，你是想说服我，”赵永贵眯起眼睛，“还是想说服你自己？”

“我说的是事实！”孙普的脸沉下来，“你可以质疑我，但你不能否认这种可能性的存在！”

"那他作案时的锤子哪里去了？"

"被他丢弃的可能性很大。"孙普的语气很坚决，"王永利是有前科的人，他懂得如何逃避侦查，作案几次后，就更换犯罪工具，这一点都不奇怪。"

赵永贵没说话，思考了一会儿，语气缓和了许多。

"这个解释倒也说得通，"赵永贵吸了口烟，"不过我们必须找到这个凶器，否则没法对检察院交代。"

"这个就得靠你们了，我再神，也猜不出他把凶器丢弃在哪里。"

赵永贵摇摇头，表情颓唐："这王八蛋死也不松口，上哪里去找？"

孙普无话，只是把玩着手里的烟盒，盯着屋角出神。几分钟后，他长出了一口气，手上暗暗用力，捏扁了烟盒，似乎下定了决心。

"老赵，"孙普俯身靠近赵永贵，压低声音，"我参与的案子不多，但是我知道你们公安有办案的手段……"

赵永贵慢慢坐直身体，看着孙普仰视的脸。

"不肯如实供述的犯罪嫌疑人，绝对不止王永利一个。"孙普保持着原来的姿势，一字一顿地说道，"我相信，你们肯定有办法让他开口。"

赵永贵四处张望了一下，又回过头来看着孙普，几秒钟后，冷冷地问道："孙老师，你想干什么？"

孙普没有回答他，而是同样坐直身体，平视着赵永贵。

"老赵，"孙普慢慢地说道，"你结婚多久了？"

赵永贵想了想："15年。"

“孩子多大了？”

“13岁，怎么？”

“13岁。”孙普笑笑，“初二，对吧，男孩还是女孩？”

“女孩。”

“你喜欢她么？”

赵永贵调整了坐姿，面对孙普：“你到底想说什么？”

孙普却转过头去，看似漫无目的地在室内打量着。

“13岁，花一样的年纪。”孙普点燃一支烟，“老赵，我相信，不管你多晚回家，都会去看看女儿吧？即使她睡了，你也会亲亲她。”

赵永贵没回答，目光却渐渐变得柔和。

“我虽然还没结婚，但是我知道，”孙普的声音很低，似乎带着不可抗拒的魔力，“有了孩子之后，我们就是为了孩子活着了。”

赵永贵笑笑，轻轻地点了点头：“孙老师，你将来就能体会到了。”

孙普转过头来，盯着赵永贵看了几秒钟，张开夹着烟的右手，用中指和拇指比画出大概十几厘米的距离。

赵永贵不解地看着他。

“这么长。”孙普定定地看着赵永贵，脸色变得凝重，“王永利为了强奸9岁的董月，用刀在她的下体割开了这么长一条口子——就为了把他那玩意儿塞进去。”

孙普的声音开始嘶哑：“法医老杨告诉我，王永利用刀割的时候，那孩子还活着。”

赵永贵怔怔地看着孙普，一句话也说不出来。

“她不可能像你女儿那样上学、放学，去游乐场玩，在梦中接受爸爸的亲吻。”孙普的嘴角牵动了一下，似乎想挤出一个微笑，“永远不可能了。”

赵永贵依旧一言不发地看着孙普，呼吸却急促起来，嘴唇开始翕动，眼中渐渐盈满泪水。

足有半分钟后，赵永贵猛地站起来，拉开门走了出去。

孙普的表情一下子变得疲惫不堪，他丢掉烟头，向后靠坐在沙发上，左臂挡在额前，闭上了眼睛。

第三天，王永利终于开口，承认是他连续四次强奸杀人，并交代作案细节，同时供称将作案时使用的锤子丢弃在亮门村村口的一口枯井里。警方派人前往此处进行提取，未果。当天下午，王永利改口称他把锤子扔在鹿场村一间废弃的民房里。警方再次前往鹿场村提取凶器，不仅没有找到那把锤子，连所谓废弃民房也没找到。

至于警方如何获取上述证言，孙普没有细问。

对王永利的审讯只能继续下去。

第四天，J市第二看守所。

一个睡眼惺忪的管教拿着提审单，摇摇晃晃地走到一间单人监房门口，敲敲铁栏，喊道：“王永利，提审！”

监房里静悄悄的，毫无回应。

管教打了个哈欠，不耐烦地再次敲敲铁栏，“咣啷咣啷”的声音在走廊里显得分外刺耳。

“王永利，别他妈睡了，起来！”

监房里仍是一片寂静。

管教骂了一声，从腰间抽出警棍，拿出钥匙打开了监房。

“你他妈……”

这句脏话只骂了一半，就被他生生憋在喉咙里。管教目瞪口呆地看着监房右侧的小气窗，手中的警棍砰然坠地。

王永利低着头，垂着手，呈半蹲姿势靠在墙壁上，在他的脑后，一根细长的布条紧绷着。布条的另一端，系在气窗的铁栏杆上。

讲台下的学生们开始交头接耳，窃窃私语声在各个角落里蔓延开来。更多的学生放下课本，疑惑地盯着讲台上木雕泥塑般的孙普。

孙老师从不在课堂上看寻呼机，这一次例外，不仅中断讲课，而且已经保持低头查看的姿势足有两分钟了。

教师安静，课堂内必定会有喧嚣。当这种喧嚣到了一定程度的时候，孙普终于回过神来。

他抬起头，立刻感到汗水流进脖子里，一片湿凉。看着骤然寂静的学生们，孙普勉强挤出一个微笑，动作僵硬地挥了挥手。

“先下课吧。”

对学生而言，无论多精彩的教学，其吸引力都敌不过提前下课。转眼间，教室里就空无一人。

孙普终于坚持不住，向后跌坐在椅子上。

丰水区公安分局，法医解剖室。

赵永贵拉开白布单，王永利的尸体露了出来。他看起来比生前还要矮小，躺在解剖台上，似乎只剩下短短的一截。

孙普怔怔地看着王永利身上骇人的切口和七扭八歪的缝合线。以及那些还未消退的瘀青，遍布全身的瘀青。

孙普扭过脸，尽量不去看那些生前形成的伤痕，更不愿去想那些伤痕形成的原因。

“他怎么拿到的绳子？”

“不是绳子。”赵永贵的脸色铁青，“他从衣服上撕下一块布条——坐姿自缢。”

“嗯，畏罪自杀。”孙普拉好白布单，“可以理解，要不他逃不了一颗子弹。”

“畏罪自杀，”赵永贵的表情不像孙普那么轻松，“前提是得有罪！”

“这不难。”孙普想了想，“我们已经拿到了他的口供。”

“别的什么都没拿到！”赵永贵突然爆发，“除了他妈的那几点精斑！”

孙普没有立刻反驳他，而是静静地看了他几秒钟，缓缓说道：

“结果已然是这样了，我们唯一需要做的，就是让这个结果合情合理。”

赵永贵瞪着眼睛回望着孙普，足有半分钟后，突然整个人都松懈下来。

“孙老师，我一直在想，”赵永贵看着白布单下的王永利，“我们是不是抓错人了？”

“没有，绝对没有。”孙普断然否定，“肯定是他，不会错。”

赵永贵不再说话，拉过一把椅子坐下，把脸埋在手掌中。

孙普走过去，把手放在赵永贵的肩膀上，语气低缓。

“老赵，这件事怪不得任何人，他是畏罪自杀。他很清楚自己逃不了一死。有的人就是想来个痛快的——这不罕见。”孙普四下张望一下，压低声音，“其实他一死，事情反而简单了。主动权还在我们手里。”

赵永贵抬起头，看着孙普。

“王永利没有家属，没有任何人会追究他的自杀。”孙普继续说道，“至于你说的所谓‘有罪’，那并不难。指纹、铁锤、毛发——这不用我教你吧？”

赵永贵移开目光，表情犹疑。片刻，他抬起头，似乎想说什么。

“你没有做错！”孙普没有给他开口的机会，“王永利是罪有应得！我们只是把事情做得更完美一点而已！”

孙普顿了一下，搭在赵永贵肩头的手暗暗用力：“我们没必要为了这样一个人，赔上你，还有你的兄弟。”

赵永贵重新低下头去，良久，发出一声长长的叹息。

三天后，专案组向市局做出汇报：犯罪嫌疑人王永利对自己犯下的连环强奸杀人案供认不讳，现场提取到的精液、毛发、足迹等可与王犯做同一认定，亦有铁锤等其他物证与王犯的供述一一对应，已形成完整的证据链条。案件告破。鉴于犯罪嫌疑人王永利已畏罪自杀，案件做撤销处理。

皆大欢喜。完美收官。

各人返回各自的生活，该办案的继续办案，该上课的继续上课。

然而，意外总是比人们预想的要来得早一些。

撤案后第五天，J市公安局突然接到来自W市公安局的电话。致电者自称W市公安局刑警部伟，目的是询问J市郊区在近半年内是否发生数起强奸杀人案。值班民警如实回答，并告知案件已破获。

"案子破了？"叫部伟的刑警很惊讶，"不可能吧，凶手在我们手里呢。"

据W市公安局介绍的情况，9月17日凌晨3点左右，W市110报警中心接到报警电话，称双湖区桃仙镇北坝村发生入室强奸杀人案。桃仙镇派出所接到警情后，迅速出警。报案人是一名刘姓中年男子。据报案人讲，案发前一天晚上，他在朋友家打麻将，至凌晨方才散局。3点左右，他回家时，发现邻居林某家院门敞开，室内虽无光亮，但传出打斗及呼救声。因刘某与林某素来交好，林某进城打工前，曾特意嘱托刘某多帮衬家里。刘某遂拎起一根木柴入室查看情况。刘某入室后即遇袭，头部及右肩膀被钝器击伤，黑暗中，刘某以手中的木柴回击。缠斗持续了约半分钟后，袭击者夺路而逃。刘某只借着月光看到对方是个小个子男人。警方到达现场后，对现场进行了初步勘探，并对三名被害人进行询问。经查，当晚被害人姚某和7岁的儿子在家中睡觉。凌晨时分，姚某突然感到有人在撕扯自己的衣服，遂与对方厮打并呼救。同时，姚某的儿子被惊醒并大声号哭，入室者用铁锤击打孩子（致轻伤）。姚某见状，拼死护住孩子，并被铁锤击伤头部与左前臂。正在厮打时，刘某前来相助。姚某趁刘某与对方搏斗时，从厨房取出菜刀将后者砍伤。

到场民警分析案情后，认为凶手应该不会跑远，遂沿着凶手留下的足迹及血迹一路追踪，并于凌晨5时许在一片玉米地中将凶手抓获，并缴获凶手作案时使用的铁锤和刀具。

经突审，凶手供称，他叫杨久山，今年42岁，无业，离异，无固定住处，1991年曾因强奸罪被判处有期徒刑五年半，并于1996年底刑满释放。犯罪嫌疑人对当晚实施的罪行供认不讳。经深挖案情，杨久山又陆续供述自己在J市先后四次入室强奸、杀人、盗窃的罪行。本起案件，是杨久山流窜至W市之后第一次作案。按照他的供述，杨久山的基本犯罪模式是，有钱就在城里嫖娼，没钱就到农村强奸杀人。杨久山在服刑期间获取了不少犯罪方法，具备一定的反侦查能力。因此，他懂得在作案时切断电源、电话线来削弱被害人的获救能力，以及戴手套及避孕套来逃避侦查。

而且，杨久山的惯用手为左手。

在省公安厅的协调下，W市公安局将犯罪嫌疑人杨久山及全部证据材料移交给主要案件所在地——J市公安局处理。系列特大强奸、杀人案的侦查程序被重启。经鉴定，犯罪嫌疑人杨久山为A型血，与现场所遗留的毛发可做同一认定。杨久山归案时所穿的解放牌胶鞋与四个案发现场所留足迹可做同一认定。其归案时所持铁锤与被害人的伤势可做同一认定。亦有其他证据可与杨久山的供述一一对应。

至于“8·9”强奸杀人案，经犯罪嫌疑人杨久山供述，警方将案情还原如下：当晚，王永利与王晓慧发生性关系后自行离开。此后不久，流窜至此的杨久山路过还未打烊的小卖店，遂以买烟为名入室，经攀谈后，得知店内只有王晓慧一人，遂将王晓慧拖至后室强奸（使用避孕套）并杀害。也就是说，在案发当晚，与王晓慧发生性关系的，不是一个人，而是两个人。

鉴于证据链条完整，全案宣布告破。J市公安局遂将本案向J市人民检察院移送审查起诉。

同时，专案组此前侦办的王永利强奸、杀人案被认定为错案。

纸终究有包不住火的那一天。

随即启动的，是错案追究机制。为了不造成更坏的影响，J市公安局没有向外界透露过多的消息。不过，涉案人员都受到了相应处分。被追究刑事责任者有之，被辞退者有之，被降职降级者有之。

乔允平教授得知消息后，提前结束访学，迅速赶回国内。

孙普已经是第四次来到乔教授家里，乔教授也是第四次拒绝见他。

“你别怪他。”师母递给枯坐在沙发一角的孙普一杯茶，“老乔昨晚半夜才回来，还喝了不少酒，让他休息休息吧。”

孙普苦笑了一下，随即就看到门旁的一个大塑料袋，上面还沾着些许灰尘。那是他上一次来送给乔老师的芙蓉王烟和茶叶。

“这老东西给扔了，我偷偷捡回来的。”师母注意到孙普的目光，“等他气消了，我再给他。”

“谢谢师母。”孙普低着头，声音嘶哑。

“听说，你把心理诊所关了？”

孙普点点头。事情败露后，他已经被取消了二级心理咨询师资格，诊所关门大吉是早晚的事。让孙普稍感意外的是，作为刑讯逼供导致错案的教唆者，他至今没有被追究刑事责任。

他把茶杯放好，站起身来，走到乔老师的卧室门前，在紧闭的房门上敲了几下。

卧室内一片寂静，毫无回应。

“乔老师，我错了，我知道错了。”孙普哽咽起来，“我承认我太心急，也许现在说什么都来不及了。但是，老师，请你给我一个机会。请你原谅我……”

孙普说不下去了，匆匆面向房门鞠了一躬之后，低着头离开了。

卧室内的乔允平教授长叹一声，放下手里的书，闭上了眼睛。

孙普是他教过的学生里最有天赋的一个，也是最有发展前途的一个。孙普的野心，他不是不知道，也支持他投身于这个研究方向。也许，唯一的分歧在于，乔教授认为建立中国人的心理指标体系和行为特征数据库，绝非一两代人可以完成。孙普可以做奠基者，但不会是完成者。然而，孙普显然并不满足，也不甘心于为后来者铺路这一角色。

孙普想要的太多，这既是优点，也是致命的缺陷。

乔教授并非不给他机会。孙普不知道的是，乔教授几乎是从下飞机开始就为他四处奔走。J市公安局念及与J大和乔教授长期、良好的合作关系，默许不再追究孙普的法律责任。最让乔教授感动的是，赵永贵并没有咬出孙普。按他自己的话来讲，一人做事一人当，主要责任还是在自己。

他听信孙普的唆使，是自己蠢，怪不得别人。

法律责任可免，行政处分却是少不了的。昨晚的酒局，就是乔教授打通关节的一次宴请。在他几乎喝到吐血的情况下，J大终于做出让步：不辞退孙普，但必须调离教师岗位，转岗至校图书馆任管理员。

一切终于有了结论。J大从此少了一位优秀的心理学副教授，多了一个普普通通的图书管理员。只是，这管理员最喜欢做的事情，不是站在书架前翻翻捡捡，而是站在教学楼的走廊里，倾听各个教室里传出的授课声。

他的表情中有羡慕，有不屑，有渴望，更多的，是深深的嫉妒。

1998年10月底的一天，一个拎着旅行包的蓄须男子来到曾经的“普巍心理康复中心”门前。这里已经人去屋空，连招牌都摘下来了。蓄须男子跑到街角的公共电话亭，反复拨打着一个号码，却一直无人接听。男子又尝试着向一个寻呼机号码发送信息，在电话亭边耐心地等待着。几个小时过去了，在抽掉了一整包烟之后，男子终于放弃。他拎起背包，最后看了一眼那间小小的门市房，脸上有疑惑、焦躁的表情。

男子把旅行包甩在背上，转身消失在交通高峰期的滚滚人流中。

他只是不知道，这次别离，并非永别。

时光不紧不慢地溜走，转眼间，已经到了2002年。

孙普渐渐习惯了图书管理员的工作，也很少再去教学楼里徘徊。他开始和图书馆的工作人员融洽相处，耐心地听那些八卦新闻并参与讨论，热衷于逛菜市场，琢磨怎样把锅包肉做到外焦里嫩。

这一切，让魏巍感到欣慰，他杰出也罢，平庸也好，只要他在，一切都好。

而且，魏巍心里清楚，孙普并不是自我放弃，而是在等待一个机会。

初春的一个下午，魏巍匆匆走进J大图书馆第三借阅室，远远地看见孙普坐在借书台后，正在全神贯注地读着一份报纸，手边还放着几本摊开的书。

“这么急找我，出什么事了？”魏巍有些气喘，“打你电话也不接。”

“没听到啊。”孙普的注意力显然不在这件事上，“你回一趟老房子，帮我找一份病历。”

“什么病历？”

“一个叫马凯的病人，妄想症加重度抑郁。”

“很急吗？”魏巍看看手表，“我得先回家拿钥匙。”

“很急，我今晚就要看。”孙普笑笑，隔着桌子伸过手去，在魏巍的手背上拍了拍，“辛苦你一趟。”

在他的眼睛里，呈现出已然消失4年的强光，似乎正有什么事情，点燃了他心底那一片灰烬下掩埋的火种。

魏巍盯着那闪闪发亮的两点，点了点头。

“好。”

说罢，魏巍转身欲走。孙普又叫住她。

“把这个拎回去。”他从桌子底下拿出一个黑色塑胶袋，“上等牛肉。回去用海盐抹在上面，再来点红酒——晚上给你煎牛排吃。”

笑容在魏巍脸上绽放开来，她接过塑胶袋，冲他做了个馋嘴的表情，转身步履轻快地走开。

走到门口，魏巍和一个学生模样的男孩擦肩而过。男孩并没有留意她，而是直奔借书台后的孙普而去。

如果时间在这一刻停滞。如果世界在这一刻终止。

那么，这将是造物主最希望看到的画面。

一个男人，一个女人，以及走在他们中间的男孩。

他总是乐于让人们感觉到他的强大与神秘莫测，在人们满怀无知与好奇地奔向未来的时候，不动声色地告诉他们，一切，只是他设计好的游戏。

孙普看着直奔他而来的男孩。他认识这个常来借书的男孩，更知道他的导师就是乔允平教授。男孩还有些气喘，直接递过来一张书单。

孙普浏览着书单上的书目，下意识地看了看桌子上摊开的那些书。刹那间，孙普眼中的光亮更炽烈。

他抬起头。

男孩在孙普的眼镜片上看到两个变形的自己，虽然依旧苍白消瘦，但看起来非常滑稽。

男孩冲自己笑笑。

死是什么感觉？

和生差不多。

能看到他们吗？

他们？

我惦念的那些人。

当然，比如说我现在就能看到你。

这么说，你心里惦念着我？

别说得这么肉麻。

哈哈。

好吧，不是每个人都能在我头上开个洞的。

我没打算道歉。

我知道你不会，而且现在我已经完全不介意这件事了。

那你为什么不走？

你错了，我并不在那里。

那你在什么地方？

你在哪里，我就在哪里。

我不明白。

那颗子弹穿透的不仅是我，还有你。

就像对着镜子开枪？

对。

你是说，我们其实是一个人？

对。很惊讶吧？

不惊讶，而且我清楚是你错了——镜子里的影像是完全相反的。

嗯？

简单地说，一个向左，一个向右。

你向左还是向右？

那不重要，重要的是，我们完全不同。

哪里不同？

现在轮到你问我了么？

对，我一直想知道。

我拥有你不曾拥有的——不可撤销的某种东西。

爱？你在开玩笑。

没开玩笑，她强大到让你无法直视。

也许……也许你说得对。

想到她了对么？

可以不回答么？

当然可以。

那，就到这里吧。

好的。

再见。

再见。

斯金纳之箱

1993年。哈佛大学，威廉·詹姆斯楼。15层。

某间办公室的门忽然打开，一个亚洲男子先走出来，身后跟着另一个高高瘦瘦的美国人。

“好吧，周教授，既然你坚持的话。”美国人随手关好门，耸耸肩膀，“不过，你也许会发现，那些箱子并不像你想象的那么神秘。”

“给您添麻烦了，库伯教授。”周教授的表情诚恳，“非常感谢。”

库伯教授露出一丝苦笑：“没关系。说老实话，我已经习惯了——每个到访的外国学者都想看看那些玩意儿。”

两个人一前一后，边聊边沿着走廊一路向前。刚走到电梯门口，从对面的一间研究室里走出一个抱着文件夹的女人。随着脚步的迈动，在她两脚之间，突然钻出一只黑色的小狗，径直冲到库伯教授面前，仰头大叫。

库伯教授被吓了一跳，跳着脚躲开。

女人急忙俯身抱起小黑狗，连声道歉：“上帝啊，非常抱歉，库伯教授——别这样，库里！”

小黑狗在女人怀里挣扎着，兀自冲库伯教授狂吠。

“这已经是第三次了，梅里斯。”库伯教授一副惊魂未定的样子，“如果你一定要把它留在这里，请你务必看好它。”

电梯升至15层，随着“叮”的一声轻响，电梯门徐徐打开。

库伯教授几乎是逃进电梯里，连连按动关门键，直到电梯关闭，开始下行，他的脸色才稍稍缓和一些。

周教授笑笑：“您不喜欢小狗，库伯教授？”

“何止是不喜欢！”库伯教授擦擦额角沁出的汗水，“我简直恨死这些长毛魔鬼了。”

“哦？抱歉。”

“没关系。”库伯教授耸耸肩膀，“9岁的时候，我被邻居家的狗咬伤过，在这里……”他指指自己小腿的位置，“所以，我一直躲着这些家伙。”

说到这里，库伯教授突然想到了什么，冲周教授挤挤眼睛：“按照他的理论，我刚才受到了负强化。”

“哈哈。”周教授也笑起来，“您也可以把这当作一次脱敏治疗。”

“上帝！”库伯教授做出一个夸张的痛苦表情，“别闹了，亲爱的周。”

又是“叮”的一声轻响，电梯停止运行，缓缓开门。

地下室到了。

沿着楼梯缓缓而下，周教授渐渐适应了地下室里的昏暗光线。一些摆放其中的物品在黑暗里慢慢地凸显出来。靠在墙边的是一些体积硕大的玻璃展示柜，某种白色的东西若隐若现，似乎还带着尖锐的棱角。周教授走近那些柜子，发现那是某种鸟类的骨骼标本，被固定成飞行的姿态。周教授默默地看着那布满小洞的头骨和凹陷的眼窝，心想，如果这样的鸟在空中飞翔，不知道该是一种怎样的景象。

“周，”库伯教授指指地下室中的某个地方，“在那里。”

周教授顺着他手指的方向望去。几个箱子靠在一起，静静地矗立在角落里。他的呼吸急促起来，在原地站了一会儿之后，慢慢地走过去。

那些箱子看起来平淡无奇，似乎也不甚牢固，有随时可能解体的迹象。更让他惊讶的是，这些箱子竟然是毫不起眼的灰色。

周教授喃喃自语道：“不是斯金纳黑箱么？”

“哈哈，很多人都这么问。”库伯教授笑起来，“天知道，他们怎么认为斯金纳之箱是黑色的——也许这增加了神秘感。”

在昏暗的光线下，人们无法分辨这些箱子的材质。它们的表面并不平滑，附有绘图仪器的把手和转轴，以及各种小型控制杆。周教授围着这些箱子，俯身仔细观察着。他屏住呼吸，似乎担心附着于其上的灰尘被自己的气息吹散——在他看来，连这细微的尘埃也是神圣不可侵犯的。

“没关系的，周。”库伯教授看出他的顾虑，“你可以摸摸它们。”

周教授冲他感激地笑笑，然后重新面对那些箱子。他深吸一口气，试探着伸出手指，碰了碰其中一个箱子的箱体。之后，周教授似乎勇敢起来，轻轻地转动着转轴，压下控制杆。指尖传来的感觉有些涩滞，似乎在斯金纳离开的日子里，这些箱子并没有得到良好的维护与保养。

这让他感到难过，甚至有些愤愤不平。

周教授站直身体，慢慢地把手伸向箱子侧面的小门，同时，转身向库伯教授投去一个询问的眼神。

库伯教授耸耸肩膀，做出一个请便的手势。

周教授拉开那扇小门，犹豫了一下，探头进去。

顿时，一股奇怪的混合味道扑面而来，似乎有鸟类的粪便、饲料以及正在衰败的羽毛。那味道如此真切，鼻腔中甚至有被细微的绒毛拂过的刺痒感觉。周教授的脖子上起了一层鸡皮疙瘩，整个人也微微战栗起来。他看着那造型可爱的迷你小踏板、平淡无奇的铬制喂食盘，突然有一种既想逃离，又想深入进去一探究竟的奇怪感觉。

是的，斯金纳就是在这里证实了间歇强化的力量。虽然他的理论饱受诟病，但是他的确指明了人类的哪些行为可以被塑造、强化、消除。

在那一瞬间，周教授有一种正在参与历史的自豪感。他甚至渴望自己就是一只鸽子或者老鼠，心甘情愿地接受斯金纳的调教——奖励或者惩罚。

就在此时，地下室里的灯泡闪了几下，最后，熄灭了。

“上帝！”库伯教授叫起来，“周，需要我为你拿一个手电筒来么？”

突如其来的黑暗中，库伯教授完全看不清眼前的一切，而面前的中国男人对他的问话毫无回应。

“周？”耐心地等待了几秒钟之后，库伯教授终于忍不住了，“你还在么？”

地下室中的物品渐渐在黑暗中凸显出各自的轮廓，库伯教授看到了那个一直伫立在箱子旁边的黑影。

“不用了。谢谢你，库伯教授。”黑影的语气仿佛梦呓，“我想，这样就好。”

走出地下室，回到温暖的人世间。库伯教授似乎一时难以抵御强烈的日光，他掏出手帕擦擦眼睛，回头看看周教授。后者仿佛还有些魂不守舍，看着不远处的一片绿地，一副若有所思的样子。

库伯教授感到有些奇怪，凡是看过斯金纳之箱的人，兴奋者有之，失望者有之，释然者有之，不过，像周教授这样的神情，还是第一次看到。

“周，你还好吧？”

“哦，”周教授回过神来，“是的，我很好。”想了想，周教授又低声问道：“关于他女儿的事情，是真的吗？”

“不是，只是谣言而已——我在斯金纳教授的葬礼上还看到过他的女儿。”库伯教授转过身来，面对周教授，“周，在中国，也有很多人信奉斯金纳么？”

“是的。”周教授的语气坚决，“我就是其中一个。”

“这么说，你也认为人类是没有自由意志的么？”

周教授点点头：“所谓自由意志，也许是对外界某种暗示的反应。”

库伯教授默默地看了他几秒钟，突然说道：“周，请你给我一支烟好么？”

周教授有些惊讶，但还是从衣袋里拿出烟，抽出一支递过去，并替他点燃。

“库伯教授，我不知道你吸烟。”

库伯教授小心翼翼地吸了一口，立刻就剧烈地咳嗽起来。

“不，周，我从不吸烟。”库伯教授好不容易止住了咳嗽，声音还带着微微的气喘，“但我现在这么做了——难道这不是出于自由意志么？”

周教授笑起来，然而，那笑容渐渐被一丝哀伤代替。

“库伯教授，你了解中国么？”

“一点点。”库伯教授用两根手指捏着渐燃渐短的烟头，尽量让它离自己的身体更远些。

“在1966年至1976年这10年间，在中国大陆发生了一系列运动。”周教授专注地看着库伯教授，“当时，它被称为‘文化大革命’。”

“哦，这个我知道。”库伯教授的表情也变得凝重。

周教授移开目光，说道：“在那10年，我受到了很大的伤害——身体和精神上。”

“哦，真抱歉，周。”库伯教授一脸歉意，“我不该提起这个。”

“没关系。”周教授笑笑，“那是一场全民性质的集体失常，每个人都无比狂热地投身进去。中国人被几千年的历史与文化塑造的行为，似乎在一夜之间统统被翻转过来——所以，我一直想知道原因。”

他回头看看身后的白色大楼，低声说道：“也许，斯金纳能回答这个问题。”

“可是，”库伯教授耸肩撇嘴，“他已经不在了。”

“但是他的理论还在。”周教授转身看着库伯教授，嘴角闪过一丝神秘莫测的微笑，“甚至，我们可以让他复活——在中国。”

1999年，春季。C市师范大学。

早课已经结束。随着下课铃声响起，大学生们从教室里鱼贯而出，奔赴下一个教室、图书馆或者回宿舍睡个回笼觉。周振邦教授兀自站在讲台上整理着教案。他的动作很慢，余光一直在盯着角落里的一个男生。那个男生则一直在左顾右盼，慢吞吞地收拾着书包。

很快，教室里的人走得一干二净。男生有些紧张地小跑至讲台旁，伸手从书包里掏出几张纸递给周振邦。

周振邦接过来，粗略地翻看了一遍。

“这是他们这一周的表现？”

“是的。自从你表扬了杨立之后，他对这门课特别感兴趣，跑了几次图书馆，回来就跟我们聊社会暗示作用、旁观者作用什么的。”男生刻意压低声音，同时不停地四处张望，“余乐平恰好相反，他在您的课上再不敢看小说了，连带都不敢带了。前几天，他还向舍友借了100块钱，赔偿图书馆的书——您撕掉的那两本书，都挺贵的。”

“好，我知道了。”周振邦把那几页纸仔细地收好，“谢谢你。”

“周老师，您可一定要替我保密啊。”男生上身前倾，“要是他们知道我告密，肯定跟我翻脸。”

“这不是告密。”周振邦笑笑，“这是科学研究——心理学实验的一部分。”

男生点点头，似乎心中稍感安慰。他想了想，脸色微微泛红。

“周老师，我今年想入党，您也知道的……”男生有些难为情地笑，“我的期末考试成绩，请务必高一些。”

“我不是答应你了么？”周振邦拍拍他的肩膀，“你放心。不过，对这两位同学的观察，还要你多帮忙。”

“一定，一定。”男生连连点头。

周振邦刚走出教学楼，一个靠在一辆路边停放的奥迪车旁的男子就快步迎上来，接过周振邦手里的提包。

“锦程？你怎么来了？”周振邦有些惊讶，“你不是在医院里照顾小顾吗？”

“老毛病了，没事。”杨锦程拉开车门，等周振邦坐进后座后，他关好车门，绕过车头，坐进驾驶座。

“直接回研究所吗？”杨锦程一边系安全带，一边问道。

“回所里。”周振邦半靠在后座上，“有点累了，先回去休息一下。”

汽车驶离师大校园，进入市区的一条公路。这个城市正呈现出从冬季逐步复苏的迹象，街头处处可见隐隐萌发的绿意。被黑白灰主宰了几个月的城市，也慢慢地变得丰富多彩。周振邦看着街边行走的各色人群，嘴角露出一丝笑意。

“周老师，下学期，师大的课您就别上了。”杨锦程在一个路口停下等红灯，“您那么忙，还得抽出时间去给本科生上课，未免太累了。”

“师大的心理学专业这几年发展得不好，人才流失严重。”周振邦微叹口气，“我毕竟是从师大出来的，老领导们出面请我，怎么好推托？慢慢帮助他们把教学团队建立起来再说吧。”

绿灯亮起。杨锦程发动了汽车。

“我实在是心疼您。”杨锦程从后视镜看看周振邦，“这两年您老得很快。”

“自然规律。”周振邦摸摸头发，笑起来，“逃是逃不掉的。”

“您可别！”杨锦程夸张地叫起来，“说句不好听的话——您得活到教化场计划完成的那一天。”

提到这个，周振邦变得严肃起来，他上身前倾，低声问道：“第二阶段第一期的跟踪报告整理完没有？”

“整理完了。”杨锦程干脆地回答，“您看什么时候合适，我去您办公室做汇报。”

“志愿者呢？”

“上半程志愿者的报酬已经发放完毕，保密协议也都签好了。下半程的志愿者正在招募中，还差几个。”

“抓紧时间。”杨锦程的工作效率让周振邦很满意。他又靠向后座，漫无目的地扫视着熙熙攘攘的街道。这一望，目光就聚焦在某个地方，无法移开了。

“锦程，停车！”

这个突如其来的指令让杨锦程有些猝不及防，他急忙减速，把车停在了路边。不等汽车停稳，周振邦就跳下车，直奔后方的一个街口而去。

街口有一老一少两个男人，正站在斑马线上等对面的绿灯亮起。老人坐在轮椅上，年轻人一只手扶轮椅的把手，另一只手插兜，一脸不耐烦的样子。

周振邦小跑过去。此刻红灯开始闪烁，年轻男子推起轮椅欲走。周振邦几乎是扑上去，一把拽住轮椅，喊道：“老王大哥！”

这个举动让两个人都吓了一跳。老人瞪着周振邦，愣了半晌，忽然激动地叫起来。

“老周，你是老周！”

杨锦程锁好车，匆匆走过来。周振邦已经和老人抱在一起，亲热地拍打着。年轻人一脸无所谓地站在旁边，无聊地盯着红绿灯。

也许是老友叙旧。杨锦程礼貌地冲年轻人笑笑，就站在一旁静静地等着。看得出，周振邦和老人都很高兴，不住地询问对方的情况，介绍自己的生活。从他们的交谈中，杨锦程已经听出一些端倪：老人的生活条件一般，丧偶，唯一的儿子至今待业。周振邦此时的地位与身份让老人羡慕不已，不住地叫儿子过来“认识一下周叔叔”。年轻人大概也猜出这个“周叔叔”非等闲之辈，脸上顿时堆满了笑容。

远远地，杨锦程看见一个交警走过来。他转身看看自己停在路边的奥迪车，不得不上前提醒周振邦，这条路边是不能随便停车的。

周振邦还有些依依不舍，要了老人的电话号码后，才和王姓父子握手告别。

重新坐回车内，杨锦程好奇地看看一直在路边冲奥迪车挥手的老人，问道：“这位王先生是您什么人啊？”

周振邦也始终在挥手，直到他们消失在视线中，才坐正身体。

“老王大哥是我下放到劳改农场时的老朋友，当时他是自来水厂的工人，被打成了右派。”周振邦仿佛还沉浸在旧友重逢的喜悦和回忆往事的伤感中，“我那时身体不好，如果没有老王大哥的照顾，恐怕活不到今天。”

随后，两人就陷入了短暂的沉默。周振邦一直望着窗外出神。杨锦程知道，在这个时候，最好的陪伴就是：不打扰。

汽车渐渐接近C市社会科学院心理研究所，周振邦也把思绪拉回现实。

“锦程，中午我休息一下，下午你向我汇报第一期的跟踪报告情况。”

“周老师，我看您今天就别工作了。”杨锦程把车驶入社科院的大院，“您忘了今天是什么日子了么？”

周振邦有些不解：“什么日子？”

“您的生日。”

周振邦的生日晚宴安排在省宾馆宴会厅。心理研究所的全体成员都出席。周振邦并不是很喜欢这样的庆祝方式，又不忍辜负员工们的一片好意。特别是杨锦程拿出托朋友买来的几瓶五粮液时，周振邦也觉得，不妨就让自己放松一下。

于是，大家都玩得很尽兴。几瓶五粮液也喝得干干净净。临近午夜的时候，曲终人散。大家纷纷告辞，送周振邦回去的任务自然落到杨锦程身上。

上了车，杨锦程看看微醺的周振邦，笑着问道：“周老师，怎么样？”

周振邦摆摆手：“没事。”

“那就好。”杨锦程转身发动汽车，“再带您去个喜欢的地方。”

周振邦一生有两大嗜好，一是五粮液，二是洗桑拿浴。所以，当汽车停在一家浴宫门口的时候，周振邦不由得笑骂道：“你这个臭小子，老师也是你的研究对象了？”

大概是因为周末，浴宫里的人很多。周振邦和杨锦程脱掉衣服后，杨锦程看看浴宫里攒动的人头，取了一条长浴巾围在腰间，把另一条递给了周振邦。周振邦看看浴巾，却没有接过来。

“来洗澡，围这玩意儿干吗？”

杨锦程的表情有些尴尬，想了想，把自己身上那条浴巾也扯掉了。

这样两个人，原本不会引起任何人的注意。然而，当周振邦在莲蓬头下冲洗了几分钟之后，私语声开始在四周渐渐响起。越来越多的人把目光投向他的下体。周振邦只当没看见一样，自顾自地享受着热水的冲刷。杨锦程起初还有些难堪，然而，当他看到老师泰然自若的模样，心中竟莫名地多了几分底气。于是，他抬起头，勇敢地向那些目光回望过去，直到那些眼睛纷纷避开。

老师曾经说过，那只是一个器官而已，如果不考虑生育，那么它和阑尾没什么区别。

想到这里，杨锦程不由得向周振邦望去。这个至今不曾婚娶的老头，此刻正仰面站在水柱中清洗着自己的身体。他并不强健，甚至可以用孱弱形容。飞溅的水珠在他的身体轮廓上形成一层薄薄的水雾，看上去竟有几分圣洁的味道。

不要小瞧这个失去了性器官的人。杨锦程默默地对自己说，他可能会构建一个完全不同的人类社会，并成为这个社会的领袖。

而杨锦程本人，这个领袖的助手，正在参与到这个伟大的构想之中。

他微微地战栗起来。

一个小时后，通体舒坦的两个人走进一个包间。茶几上已经摆好了几样小菜。杨锦程变戏法似的拿出一瓶五粮液，冲周振邦挤挤眼睛。

“我留了一瓶。”

周振邦笑起来，愉快地坐下。

很快，五粮液被喝掉大半瓶。周振邦感到身体微微出汗，汗水形成细细的盐粒，附着在身体上，滑滑的很舒服。周振邦把玩着手里的酒杯，看着为自己夹菜的杨锦程，由衷地说了句：“谢谢你，锦程。”

杨锦程笑笑：“周老师您客气了。您一直单身，我是您的学生，自然要多照顾您一些。而且，您那么信任我，把那么重要的工作交给我。”

“你是我教过的学生中，最优秀的一个。”周振邦认真地说道，“所以我让你协助我完成教化场计划。”

这是两个人之间的一个秘密。整个计划的内情，除了周振邦和杨锦程之外，再无旁人知晓。然而，在和平时期，任何一个秘密，似乎都有不可告人的味道。

杨锦程的动作慢了下来，仿佛在斟酌着词句。

“只是，周老师，我一直在想，我们到底该不该进行这个计划。”

“哦？”周振邦扬起眉毛，“你为什么会这么想？”

“我最近在重读斯金纳的书，《瓦尔登第二》和《超越自由与尊严》，感触又和10年前不同。”杨锦程摆弄着盘子里的几颗花生米，“有的部分依旧让我兴奋，比如以‘行为工程学’构建人类社会，而有的部分却让我感到担忧。”

“说说看。”周振邦放下酒杯，坐直身体，专注地看着自己的学生。

“有一篇书评说道，斯金纳其实是在用驯服狗的方式来驯服人类。”

杨锦程咬咬嘴唇，“这实在让我没有任何一丝从事高尚事业的感觉。”

“巴甫洛夫的经典条件反射理论就是把狗作为实验对象的，”周振邦笑笑，“当年，这一发现，不亚于太阳位置恒定这样的科学突破。”

“这个我知道。”杨锦程搔搔脑袋，似乎有些难为情，“可是，我心里始终有一道坎儿，无论如何也迈不过去——您还记得姜德先么？”

“记得，怎么？”

“当时我们安排马春培和夏黎黎以父女的身份在他面前发生性关系。如您所说，他真的被我们‘塑造’了。虽然已经过去了10年，他依旧没有戒除自慰的习惯，而且，他一直对身边的小女孩表现出异乎寻常的关心。”

“嗯。有关姜德先的实验数据，对我们而言，非常有价值。”

“是的，我还记得这让我们兴奋莫名。”杨锦程抬头看着周振邦，“然而，我始终在想，如果不是因为受过良好的教育，特别是法学教育，姜德先会不会变成一个奸淫幼女的罪犯？”

周振邦沉默了。他抽出一支烟，杨锦程上前帮他点燃。

吸了半支烟，周振邦长长地呼出一口气。

“锦程，你一直都知道我的身体有缺陷。”周振邦低声说道，“你知道我是怎样失去这个器官的么？”

“不知道。”杨锦程的表情变得凝重，“我没敢问，您也从未提起过。”

“那是在1969年，我刚在师大任教不久。4月19号那天，我去重庆路的新华书店，恰好赶上两个派系武斗。我想找个地方躲躲，刚跑了几步，就感到下身一热。后来我才知道，一颗子弹从这里打入，从大腿后侧穿出。”周振邦在自己的下体比画了一下，“躺在病床上，我一直在想，到底是怎么了？为什么这个城市里的人都变成了这个样子？我感到我在大学里学过的所有理论，都无法解释。他们不能用野兽来形容，因为野兽不可能保持这种行为的高度一致性——但他们又失去了人性。”

“所以，您开始研究斯金纳？”

“对。因为他的理想是构建这样的社会：统治阶层由心理学家组成，负责制定法律和政策来制约或者教化公众，使他们既具有人性，又服从指令。”周振邦站起来，指着窗外，“锦程，你可以设想一下，如果这个社会中的全体公众都能够葆有高尚的人性，同时接受正强化——那该是多么美好的世界。”

“您的意思是……”杨锦程慢慢地说道，“彻底消除类似灾难重演的可能性？”

“对！”周振邦的语气肯定，“即使有大的社会运动，也会让这个世界大踏步地前进！”

“如果是那样……”杨锦程的目光变得游离，表情如梦似幻，“那就是完美世界。”

“是的。”周振邦也激动起来，“科技已经改造了世界太多，是时候改造人类自身了——如果鸽子都能够学会打台球的话，人类，人类能学会的技能是不可想象的！”

“也就是说，我们所做的，是改变人类发展史的事情？”

“锦程，斯金纳证实了奖赏有利于人们建立良好的行为，而我们要做的，是证明惩罚具有同样的塑造作用。”周振邦把手按在杨锦程的肩膀上，目光炯炯地看着他，“我们，你和我，可以让心理学变得前所未有的伟大！”

杨锦程怔怔地看着周振邦，忽然热泪盈眶。

凌晨4点，一辆奥迪车缓缓停在C市社会科学院家属区的一栋楼下。杨锦程拉开后车门，随即又打开后备厢，拎出一个大大的纸箱，然后扶着脚步虚浮的周振邦上楼。

把周振邦扶进室内，杨锦程又为他倒了一杯热水后，就起身告辞。周振邦已经有些不胜酒力，身体变得不受控制，头脑却异乎寻常地清醒。也许是和爱徒畅聊的结果，他依旧很兴奋。喝干热水后，周振邦还是没有丝毫睡意。他在餐桌旁坐了一会儿，起身寻找烟。刚站起来，却无意中看到了杨锦程放在门厅里的纸箱。

周振邦皱皱眉头，心想这小子又玩什么鬼花样。他把纸箱拎起来，发现它很重。周振邦好奇心大起，用裁纸刀剥开外包装后，却一下子愣住了。

这是杨锦程送他的生日礼物——一个近乎完美的斯金纳箱复制品。

翌日下午，周振邦的办公室。

杨锦程锁好门，确认不会有人来打扰之后，拿出一个密封好的文件夹，开始对周振邦汇报。

庞大的“教化场”计划已经秘密进行了12年。虽然参与者众多，但是除了周振邦和杨锦程，没有人知道这个计划的全貌。他们用很长时间挑选了一些人作为实验对象。这些人来自于不同的家庭背景和成长环境，基本可以代表最普遍的社会阶层。然后，以心理研究所的名义，安排实习生对实验对象进行跟踪观察，要求他们客观记录实验对象的日常生活。在掌握了实验对象的基本行为规律和心理特征之后，就安排志愿者介入他们的日常生活。对志愿者的选择是极其严格的，除了要进行身份、有无前科及品行的多重审查外，还要确认彼此间没有交叉的社会关系。志愿者的介入是多种模式的，而且实验内容都是一些人为的突发事件，因此，必须一次完成，例如目睹性行为、被陌生人拥抱等。介入之后，志愿者会获取一定经济报酬，并签署保密承诺书。同时，再由一批新的实习生继续跟踪观察各实验对象，记录他们在介入情境发生后的行为变化。每隔一段时间，实习生就会重新更换，以此确保既可以全程关注实验对象，又不会有人因此逐渐洞悉实验的内容和终极目标。

教化场计划的第一阶段用时10年，实验对象共有5人。虽然耗费了巨大的人力和物力，然而，除了目睹性行为的姜德先之外，其他实验对象并没有出现行为规律的明显变化和剧烈的情绪反应。但这并没有影响周振邦的信心，他和杨锦程又精心挑选了10名实验对象，并对其中一部分人进行了人为情境介入。

杨锦程要汇报的，就是对这些人的跟踪报告。

报告可谓事无巨细，从研究对象的生活起居、作息时间、行为规律，到情绪变化、人际关系及工作和学习情况，几乎可以说无所不包。报告的最后，是杨锦程对实验对象在情境介入前后的对比及分析意见，也是此次汇报的重点。

“您看看这个。”杨锦程从文件夹里抽出一张照片递给周振邦。照片上是一个男孩，十一二岁的样子，穿着肥大、宽松的校服，边咬着冰淇淋边走，脸上是轻松、愉悦的笑容。

“他叫谭纪，12岁，就读于C市红园区第六小学六年级三班。”杨锦程翻看着手里的资料，“性格单纯、开朗，父母皆有正当职业，收入尚可，家庭关系良好。”

“嗯，我记得这个人，介入情境是突然带入黑暗场所，对么？”

“对。志愿者叫蒋沛尧，他冒充谭纪的父亲的同事，把他带到电影院看电影，并让他喝下掺有麻醉剂的汽水。谭纪昏迷后，蒋沛尧把他放到座位下方。电影散场后，没有人发现谭纪还留在电影院里，直到电影院关闭。我们后来得到的情况是：谭纪苏醒后，在漆黑一片的电影院里哭泣、四处奔走，最终再次昏迷。后来，是一个值班员发现了他。”

杨锦程合上文件夹，嘴角浮现一丝神秘的微笑：“我们原来的预想是，谭纪会因此对黑暗场所产生恐惧心理，进而影响他的行为规律。然而，一个意想不到的情况发生了。”

“哦？”周振邦顿时来了兴趣，“是什么？”

“您再看看这个。”杨锦程又拿出一张照片。照片的主角依然是谭纪，只不过，此时的他站在原地，正在茫然四顾，表情既焦虑又恐惧。

“他好像……”周振邦看着照片，皱起眉头，“迷路了？”

“对。”杨锦程笑笑，“他失去了一样东西——方向感。”

“方向感？”

“是的。谭纪再也分不清左右或者东南西北，即使是回家那条走了十几年的路，他也会迷失方向。在此后的一年多时间里，他上学和放学都不得不由父母来接送。第二批实习生的报告显示，谭纪从此不爱出门，人际关系变得疏离，交往的圈子也迅速缩小。可以预见的是，今后任何与方向感有关的技能，他都难以学习。”

“我们希望他产生对黑暗的恐惧，他却失去了方向感……”周振邦仿佛失神般自言自语，“人类的大脑太复杂了——到底还有多少事情是我们没有搞清楚的？”

“而且，还有件事情，我觉得应该提醒您。”杨锦程顿了一下，“在第一批实验对象中，谭纪的反应最强烈，也最明显。同时，我发现，针对谭纪的介入情景的强度，是最大的。”

周振邦没有说话，起身在办公室内来回踱了几圈。杨锦程合上文件夹，静静地坐着，等待老师的进一步指示。

终于，周振邦停住了脚步，似乎已经下定了决心。

“准备第二批实验，同时，修改介入情境计划。”周振邦的神色严峻，眼镜片后射出难以遏制的光芒，“提高介入情景的强度。”

夜幕降临的时间越来越晚，种种迹象表明，夏天即将到来了。

C市玻璃纤维厂附属子弟小学的操场上人迹寥寥，这空旷的场地显得比平时更为巨大。跑道上，是几个正在慢慢散步的老人。他们或独身一人，或两两成对，要么听着随身携带的收音机，要么彼此闲聊。火红的太阳正在这个城市的西侧缓缓降落。此刻，落日的余晖所及的地方都被勾勒出淡淡的金边。下班晚高峰即将过去，沉寂了一整天的各色楼群正呈现出傍晚时分最热闹的景象。几乎每个窗口都传出炒勺与铁锅碰撞的声音，伴随着煎炒食物的混合味道，飘散在依旧温热的空气中。

在操场的西北角，一个小小的身影在水泥乒乓球台前忙碌着，球与墙壁碰撞的清脆声响依稀可辨。

那是个8岁左右的小男孩，正对着墙壁全神贯注地打乒乓球。虽然对手只是一面墙，小男孩依旧玩得不亦乐乎，汗水从头上流下来，濡湿了通红的脸蛋。每次对手“回球”出界，小男孩还会捏紧拳头喊一声好。

在乒乓球台旁边，是一个巨大的水杯，里面还有四分之一左右的存水。

在越来越暗的光线中，校园内呈现出一片肃杀的氛围。当教学楼上的最后一丝余晖消失后，它变得沉默而硕大，仿佛一只蹲在黑暗中伺机而动的巨兽。

在教学楼顶，一个男子默默地站着，目光始终盯着西北角上的小男孩。良久，他看看手表，拎起脚边的一个塑胶袋，转身离开。

此时，落日终于消失在校园围墙以外更远的地方。瞬间，夜色就吞噬了寂静的操场。

小男孩对此一无所知，他甚至不知道太阳是何时落下的，他只知道，乒乓球在空中的轨迹已经越来越模糊，最后，完全看不清了。

在一次精彩的扣杀后，小男孩喘着粗气，放下了球拍。他很满意，因为“对手”完败。

他把球拍和球放进书包里，又拿起水杯，一口气把水喝光，然后，一边擦汗，一边向教学楼走去。

在教学楼门口，小男孩遇到了正拎着钥匙出来锁门的值班大爷。老头一看是他，不由得笑骂道："又是你这个臭小子，天天这个时候来撒尿！"

小男孩冲他吐吐舌头，笑嘻嘻地跑向走廊尽头的厕所。

黑暗的走廊显得无比漫长。这座历史悠久、年久失修的小学校处处透出破败的模样。肮脏的墙围、掉落的墙皮、粗糙不平的水泥地面。小男孩跑到厕所门口，推开吱呀作响的木门，径直走向小便池。

天花板上是一盏15瓦的灯泡，正在发出"嘶嘶"的异样声响，忽明忽暗，仿佛一只在不断眨动的独眼。小男孩顾不上这些，一心想排空鼓胀的膀胱，拉开裤子就尿起来。

有力的水流冲刷在瓷砖便池中，发出"哗哗"的声音。

突然，在他身后，传来一声粗重的叹息。仿佛一个伤重的人在垂死呻吟。

小男孩抖了一下，从身体里喷涌而出的水流也瞬间中断。他微微侧过身子，倾听着，可是，耳畔除了灯泡的嘶嘶声外，再无异响。

他撇撇嘴，转过身，继续痛快淋漓。就在水流渐小的时候，又一阵奇怪的声音在身后响起。

"啊——"

这次的声音更加清晰、悠长。小男孩猛地转过身来，任由残余的一点尿液滴在自己的鞋子上。他来回扫视着面前的四扇木质隔断门，最终确认那声音来自左起第二扇门内。

小男孩手忙脚乱地整理好裤子，左右望望，又把视线投向那扇漆面斑驳的木门。此时，电灯的嘶嘶异响让厕所内显得更加寂静，小男孩有些紧张，更有些好奇。他小心翼翼地走过去，竭力把耳朵凑向那扇木门，却听不到里面有任何声音。

小男孩突然觉得嘴巴很干，他舔舔嘴唇，清清嗓子，大声问道：“有人么？”

话一出口，小男孩也被自己颤抖的声音吓了一跳，不由得后撤了半步。

木门里一片死寂。

小男孩的表情变得疑惑，他又向左右看看，最后，整整肩头的书包带，咽了口唾沫，慢慢地伸出手去，试探着推了推木门。

木门发出刺耳的吱呀声，露出一条缝。

小男孩的手上稍稍用力，木门被推开了大半。

头顶的灯泡忽明忽暗。小男孩倒吸了一口冷气。

木门里，一个全身黑衣的人背对着自己，面向墙壁，两脚跨立在便池上。

小男孩还来不及询问，黑衣人就慢慢地转过身来。

在频繁更替的光明与黑暗中。

小男孩清楚地知道自己的眼睛瞬间睁大，知道眼球几乎要凸出眼眶，也知道自己的嘴巴完全张开，却发不出任何声音。

因为他看到了黑衣人的脸——不，那不是一张脸。

那是一个光滑、惨白，没有五官的平面。

值班大爷蹲在教学楼门口，跟着脚边的收音机，摇头晃脑地哼唱着二人转。一支烟吸完，他突然意识到，那个天天晚上来撒尿的乒乓小子还没

有出来。

老头儿有些生气，甩着手里的钥匙走向长廊尽头的那间厕所。

气冲冲地推开木门，他大声骂道："你这个臭小子，掉坑里……"

这句诅咒他只说了一半，就目瞪口呆地愣在了原地。

小男孩侧着身子，躺在厕所中间的一摊污水中。

C市社会科学院心理研究所。杨锦程办公室。

杨锦程看着面前的男子在保密协议书上龙飞凤舞地签上自己的名字，确认无误后，他把那份协议书锁进保险柜里。然后，他从抽屉里拿出一个信封递给男子。

男子伸手去接，却发现信封另一端的杨锦程并没有松手。

"从现在开始，你和我们再无瓜葛。"杨锦程目光炯炯地看着男子，"我说清楚了么？"

男子点点头。杨锦程松开了手。男子从信封里取出一沓钞票，数了数，冲杨锦程微微颔首，起身欲走，突然又想到了什么。

"那孩子……"男子似乎欲言又止，"后来怎么样了？"

"那不是你该关心的问题。"杨锦程垂下眼皮，自顾自点燃一支烟，"拿到报酬，这件事和你就没有关系了。"

男子有些尴尬，勉强挤出一个笑容后，转身走出了办公室。

杨锦程静静地吸完一支烟，看看手表，拿起一个文件夹，出门去了小会议室。

小会议室里已经有一个人在等他。见杨锦程进来，那个人有些紧张地站起来。

杨锦程锁好门，转身对他笑笑，招呼他坐下。

“王增祥先生，对吧？”杨锦程坐到他对面，翻开手里的文件夹问道。

“对。”王增祥想了想，又补充了一句，“你们的周主任，是我爸的老朋友。”

“我知道，我们见过面的。”杨锦程笑笑，“我们有一个科研项目，正在招募志愿者，周主任向我推荐了你。”

“对。我爸身体不好，所以我想挣点外快。”王增祥很痛快地承认，“而且，我也快结婚了——需要钱。”

“嗯，我明白了。”杨锦程放下手里的文件夹，“我们获取了一些关于你的资料，包括家庭背景、学历、成长经历等，算是……基本符合我们的要求……”

“你们在调查我？”王增祥打断了他的话，眉头皱起来，表情明显不快，“在我不知情的情况下？”

“请你理解。”杨锦程耐心地解释，“这个科研项目是保密的，所以我们要对志愿者进行一些必要的了解。”

“什么样的项目？”王增祥的眉头皱得更紧，“该不是违法的吧？”

“我刚才已经说了，这是个保密的项目，所以，恕我不能透露项目的内情。”杨锦程脸上的笑容微微收敛，“有些内容，也许会稍稍高出一般民众可以接受的程度，但是我向你保证，绝不至于构成刑事犯罪。”

王增祥想了想，又问道：“你们算是官办的吧？”

“对。”

“也就是说，这是政府支持的？”

杨锦程笑起来：“你可以这么认为。”

“那就行。”王增祥松了口气，“那我应该怎么做？”

“到时候我们会通知你。”杨锦程站起身来，打算结束这次谈话。

王增祥却坐着没动：“我总得知道该干什么——好提前做点准备。”

“你不需要做任何准备。我们让你做的，都是常人可以完成的事情。”杨锦程提高了音量，“完成后，你可以拿到5000块的报酬。”

“5000块？”王增祥的好奇心显然被这个数字彻底打消，“每一次？”

“只有一次。”杨锦程竖起一根手指，“之后我们就不会再联络了。”

说罢，杨锦程走到门旁，拉开房门，静静地等着王增祥。

王增祥无奈，只好起身告辞，走出门口的时候，他突然问道：“周叔叔在么？”

“他不在。”杨锦程并不看他，转身关好房门，“去市里开会了。”

“我没别的意思。”王增祥的脸色微红，“我就是想当面谢谢他，多亏了他的关照，我接了我爸的班，去自来水公司上班了。”

“我会如实转达。”杨锦程笑着伸出手去，“你放心。”

送走王增祥，杨锦程径直去了周振邦的办公室。一进门，他就看见那个斯金纳箱的复制品摆在书架的醒目位置上。

“见到小王了？”周振邦放下手里的资料，“怎么样？”

“还可以。”杨锦程犹豫了一下，“基本合格。”

周振邦捕捉到他的表情，笑了笑：“有问题？”

“嗯。”杨锦程也决定不再隐瞒，“他的顾虑很多，而且，我觉得这是个好奇心很强的人。”

“不该告诉他的，一律不要说。”周振邦嘱咐道，“而且，他更关心的是那5000块钱。所以，问题不大——他的介入情境不算难吧？”

“不难。”杨锦程笑笑，“比针对唐维的简单得多。”

“对了，那孩子怎么样？”

“后续报告还没有形成，不过，从这几天的情况来看，唐维的行为模式有所变化。”杨锦程边回忆边说道，“昨天，他一整天都没去学校的厕所。”

周振邦“哦”了一声，脸上看不出更多的表情。

“下一个实验对象是谁？”

“是这个人。”杨锦程在文件夹里翻找了一下，拿出一张照片递给周振邦。照片上是一个小女孩，正在一家街边小店挑选发卡。不知道是不是拍摄者有心为之，女孩被拍得很美，白皙细嫩的脸庞在五颜六色的发卡的映衬下，宛若天使一般。周振邦对着照片看了很久，最后递还给杨锦程。

“她叫什么？”

“沈湘，14岁，就读于C市第四中学，二年级。”

“介入主题是？”

“味道。我们的计划是……”

突然，杨锦程腰间的BP机响起来。他对周振邦做了个抱歉的手势，低头查看屏幕上显示的汉字。再抬起头来的时候，杨锦程的脸色已经变得很难看。

“对不起，周老师。”杨锦程冲周振邦勉强笑笑，“我能请几天假么？”

C市中心医院。住院部。

杨锦程拎着一个塑料袋，三步并作两步地跑上楼梯，转入走廊，推开某扇病房的门。

一个面容蜡黄的女人躺在床上，胸口上坐着一个两岁左右的男孩。女人笑容满面地看着男孩，把着他的两只小手挥舞着，男孩则兴奋地啊啊大叫，不断在女人身上扭动着小屁股。

杨锦程的眉头皱起来，把塑料袋放在旁边的空床上，过去把孩子抱起来。

“展展，不能压着妈妈！”

小男孩在杨锦程怀里踢打起来，转身向女人张开双手，似乎还想继续刚才的游戏。眼见不能得逞，小男孩把嘴一撇，呜呜地哭出声来。

坐在床边的一个老妇急忙从杨锦程手里接过孩子，边摇晃着，边轻抚他的后背。

“哦哦哦，展展不哭，展展乖啊……”

杨锦程既无奈又气恼地对老妇说道：“妈！你怎么把孩子带到医院里来了？这里乱糟糟的，展展这么小……”

“让小顾看看孩子怎么了？”老妇不满地嘀咕道，“孩子快半个月没见到妈妈了，天天在家里问我妈妈去哪里了，你让我怎么回答？”

“是啊，你别怪咱妈。”女人也急忙打圆场，“是我让咱妈把儿子带来的。”

杨锦程白了母亲一眼，又看看不停哭闹的儿子，脸上的烦躁表情更甚。他在床边坐了一会儿，拎起那个塑料袋，问女人：“要不要吃点东西，我买了粥。”

女人勉强坐起身体，冲杨锦程笑笑：“吃一点吧。”

杨锦程打开塑料袋，转头问老妇：“那你们呢？”

老妇显然还没消气，板着脸说：“我们回家吃饭。”说罢，就开始给小男孩穿鞋戴帽。女人又和儿子亲热了一会儿之后，老妇抱着孩子走出病房。临出门的时候，老妇对杨锦程低声说道：“有空的时候多来陪陪小顾，忙忙忙，天天忙，也不知道你在忙些什么！”

病房里只剩下杨锦程和女人，一下子安静下来。杨锦程把一堆资料摊开在床上，仔细阅读着。女人则靠在床头，一边小口啜着粥，一边看着电视。看了一会儿，她看看全神贯注的杨锦程，抬手关掉了电视，转而静静地翻着手边的杂志。

时间一分一秒地过去，女人始终保持着安静，不时抬头看看埋头阅读的杨锦程。杨锦程的表情却越来越难看，最后烦躁地丢下几页纸，伸手去衣袋里摸烟。刚抽出一支，他似乎意识到不妥，起身向门口走去。

女人一直在关注着他，开口说道：“你就在屋里吸吧。”女人顿了一下，脸上露出一丝羞涩的笑，“我想让你在我身边。”

杨锦程的心里暖了一下，挥挥手里的烟：“我很快就回来。”

站在走廊尽头的窗户旁，杨锦程闷闷地吸着烟，看淡蓝色的烟雾在眼前升起，又缓缓消散。

让他焦虑的是，针对前五个实验对象的情景介入已经完成了四个，从后续跟踪报告来看，除了唐维之外，其他的实验对象均反应平平。如果缺乏更丰富、更典型的数据，教化场计划不可能顺利完成。周振邦的设想是，用25年左右的时间来完成这个计划。可是，如果最终只能获得如此可怜的数据，教化场很可能最后以失败告终。

25年。杨锦程暗自计算着。届时，自己也已年近花甲了。难道，要用大半生的时间去为一个失败的计划拼搏么？

增加实验对象，还是……继续增强介入情境的强度？

正想着，杨锦程腰间的BP机又鸣叫起来。

女人趁杨锦程出去吸烟的工夫，又打开电视机看起来。刚看了一会儿，杨锦程就匆匆推门而入，边收拾床上的资料，边对她说：“我得回所里一趟。”

女人有些失望，想了想，嘱咐道：“晚上你就别再来了，在医院守了四天了，回去换换衣服。”

“嗯。”

“早点回家，好好睡一觉。”女人似乎有些难为情，“不忙的话，就来陪陪我。”

杨锦程报以一个微笑，拎着提包急匆匆地出门了。

黑色奥迪车在同样浓重的夜色中飞驰。杨锦程手握方向盘，表情凝重，不时瞟一眼副驾驶座下的玻璃瓶子。那是个罐头瓶，标签已经被撕掉，瓶口被封得严严实实。然而，杨锦程还是觉得恶臭的味道在车内萦绕。他打开车窗，竭力不去想排泄物与水混合在一起的龌龊模样。

嗅觉记忆是在人脑中留存时间最长的记忆。希望这次可以获取实验所需的有力数据。

杨锦程用力踩下油门。

当杨锦程赶到C市第四中学附近的一条小巷里的时候，王增祥已经等候多时。杨锦程刚刚下车，王增祥就不耐烦地走过来，同时连珠炮似的抛出一堆问题。

“怎么这么晚还叫我出来？为什么在这儿啊？是不是今晚就要做那个什么实验？我什么都没带……”

杨锦程倚在敞开的车门上，默默地看着王增祥，突然觉得，自己一句话都不想和他说。似乎眼前这个人比那些街道、路灯、垃圾桶更加枯燥乏味。

他不配出现在这里，不配参与到这样一个伟大的计划之中。当有一天，他意识到身边的世界越来越美好的时候，他不应该感到自己是那个悄然构筑起来的体系中的一颗螺丝钉。不，他甚至都不配作为附着其上的灰尘！

平凡。愚蠢。市侩。狡诈。

他不知道有人在冒着风险去尝试改造人类自身，他不知道有人在苦苦思索如何让数据更加丰富，论据更加充分。他只关心那点蝇头小利。区区5000块钱！

杨锦程突然笑了笑，感到自己是一个造物主，正在低头审视一只可怜的蚂蚁。

“今晚，我们需要你做一件事。”

“什么事，难度大么？”王增祥立刻追问道，“有没有风险——你总得让我知道这件事的前因后果，否则……”

“不难。”杨锦程左右看看，随手指向一家已经关门的文具店，“你去打破那扇玻璃窗。”

王增祥满腹狐疑地看看那扇窗户，又看看杨锦程，凑过去趴在玻璃上向店里张望。

“佳乐文具店……这里面有什么？不会有什么贵重物品吧？如果损坏了，是不是要由我来赔偿？”

“不用。”杨锦程垂下眼皮，已经懒得再和他说下去，“里面最值钱的大概就是修正液和卷笔刀。”

“哦。”王增祥稍稍放下心来，开始在四周踅摸，“用什么砸？”

“随便。”

最后，王增祥捡起一块砖头，在窗前摆好姿势，回头对杨锦程问道：“那我砸了？”

杨锦程点燃一支烟，冲他挥挥手。

“哗啦啦”一声，随后就是沉重的“扑通”声。

杨锦程面无表情地看着眼前的一切。王增祥倒是显得既紧张又兴奋，小跑着过来，激动地问道：“然后呢，我们干什么？”

杨锦程叼着烟，用手指指小巷的出口，说道：“跑。”

王增祥“嗖”地一下拔腿就跑，跑出几十米后，还不忘回头喊道：“明天我来拿钱啊，你别忘了，提前准备好……”

杨锦程靠在车边，既不答话，也不回头。

吸完一支烟，杨锦程看看围墙后的教学楼，刚好看到那间唯一明亮的办公室内熄掉电灯。

杨锦程踩灭烟头，抬头看看同样黑暗的小巷两端，抬脚向其中一侧走去。

总有人要做点什么。

为了教化场。

为了新世界。

半小时后，杨锦程匆匆从一条更黑暗的小巷中跑出，他的样子，比身后那个女中学生更狼狈、恐惧。

连滚带爬地跳上奥迪车，杨锦程迅速发动汽车，踩下油门。撞翻了一个垃圾桶之后，汽车才歪歪扭扭地冲出小巷。

直到开出近两公里，杨锦程才发现对面驶来的每一辆车都在对他愤怒地闪着大灯。他意识到，自己连车灯都忘记打开了。

更可怕的是，他发现自己一直在下意识地念叨着同一句话：

“你的身体里从此就留下了我的东西，你一辈子都会带着它的味道。”

杨锦程立刻紧张起来。

不要。不要。我才是主宰。主动权应该在我的手里！

他伸手去衣袋里拿烟，发现抖抖索索的手指压根儿捏不住任何东西，连手里的方向盘都开始打滑，以至于汽车也开始在路上左右蛇行。

杨锦程骂了一句，左手捏紧方向盘，把右手的手指塞进嘴里狠命地咬着。这似乎让他稍稍清醒了一些。然而，更加清晰的感觉渐渐遍布全身。

是的，是那个女孩柔软却战栗的身体。

他的下体甚至还能感受到女孩湿润的口腔和牙齿掠过的疼痛。

杨锦程狠狠地抓捏着自己的裤裆，似乎想消除那种可怖的幻觉，然而，他立刻感到指尖一片滑腻。

他把手指凑到眼前。是血。

杨锦程怔怔地看着那片血迹，突然哈哈大笑起来，随即，狠狠地一脚踩下刹车。

奥迪车晃了一下，以危险的角度停在路边。杨锦程伏在方向盘上，放声大哭。

箱子稳稳地摆在讲台上，方方正正。如果不是那些摇杆和控制轴，它很容易被想象成某种化学制剂的容器。周教授小心翼翼地把它放在讲台上，又介绍了它承载的历史与价值后，再平凡的器物，此时也会显得神圣无比。

教室里有些骚动，坐在后排的学生站起来，竭尽全力伸长脖子，想一睹这心理学历史上最重要的一件实验工具。

忽然，有一个男生举起手，大声问道："周老师，我可以摸摸它么？"

周振邦点点头。男生显得很激动，快步跑到讲台旁，将手在衣服上擦了又擦，小心翼翼地摸向箱体，又尝试着操作那些摇杆和控制轴。

很快，越来越多的学生要求摸摸斯金纳箱。最后，几乎整个班级的学生都排着队，带着或好奇或敬畏的神情，触碰了那个带有传奇色彩的箱子。

"就在这个箱子里，斯金纳总结出人类行为的定律，至今仍在沿用。"教室里安静下来后，周振邦手扶箱子一角，"它让兔子把钱币投进储钱罐，让小猪学会了如何使用吸尘器，甚至让老鼠懂得了惩罚与奖励的关系。"

教室内鸦雀无声。

"它证实了人类的行为可以被塑造、修正。它告诉我们，人类原本可以创造一个更加美好的世界。在某种意义上来说，人，可以无限接近于神。"周振邦环视一张张全神贯注的脸，"现在，你们告诉我，有人愿意钻进这个箱子么？"

学生们开始面面相觑。也许，大多数人都想成为神，但是，他们能忍受这种教化与驯服么？

良久，一个男声在角落里响起："我愿意！"

周振邦循声望去，是刚才第一个要求触摸斯金纳箱的男生。

"为什么？"

“我想改造这个世界。”男生大声回答道，“就像斯金纳说的那样，若想让心理学产生重大的实质影响，必须采取行动！”

周振邦久久地凝视着他，最后，问道：“你叫什么？”

男生挺起胸膛，完全无视身边的窃窃私语和惊异的眼神。

“我叫陈哲。”

今天来接周振邦的是所里的一个年轻司机。周振邦看着他粗手重脚地把斯金纳箱放在后座上，不由得皱了皱眉头。

“杨主任呢？”

“他今天没来。”年轻司机拍了拍手上的灰尘，“这是什么东西啊，这么重？”

周振邦垂下眼皮，坐进车里。

习惯是一种奇怪的东西。它能让人每天面对，却察觉不到它的存在。而一旦它被改变，随之而来的，是骤然面目全非的生活。

周振邦已经习惯于让杨锦程去打理研究所里的日常事务，包括那个秘密的计划。所以，当杨锦程不在所里的时候，周振邦发现，自己的工作量一下子多了好几倍。

他不由得感慨，这12年，杨锦程是怎样度过的。

针对实验对象的跟踪报告已经在案头堆积如山。以往，都是由杨锦程阅读后，把分析意见汇报给周振邦。不过，现在只能由周振邦从基础性工作开始做起了。

周振邦沏上一杯绿茶，拿起最上面的一份报告开始看起来。

这个实验对象是一个中学教师，介入情境是被发现在超市里有偷窃行为。东西价值不大，一包口香糖而已，由志愿者偷偷地塞进他的衣袋里。不过，后续的跟踪报告显示他在经历了一番委屈与争辩之后，并没有明显的情绪反应，行为规律也没有剧烈变化。

周振邦简单翻看后，并没有感到太多失望。毕竟个体存在差异，针对不同情境产生不同程度的教化反应也实属正常。他很清楚，所谓25年的实验时限只是一个保守估计。他也没打算在有生之年完成这个实验，毕竟还有后继者杨锦程。

也许，今天那个叫陈哲的学生也不错。

周振邦想着，拿起第二份跟踪报告。只看了几眼，他的眉头就皱起来。他坐直身体，擦擦眼镜，逐字逐行地仔细研读起来。

在城市的另一个角落里，某栋老式住宅楼。

房间阴暗狭窄，物品摆放凌乱，唯一的窗户被报纸遮挡住了。除了天花板上的灯泡，屋子里再无其他光源。

杨锦程抱着头坐在床边，裤子褪至膝盖。在床边，一个浓妆艳抹的女人正在懒洋洋地穿内衣。

杨锦程面色阴沉，盯着地板上的一处裂痕，一动不动。

女人穿好衣服，看看杨锦程，撇撇嘴，露出一丝不屑的笑。

“我说大哥，做不成，也得掏钱的——我努力了，是你自己不行。”

杨锦程慢慢地抬起头，起身提好裤子，从衣袋里掏出一张钞票扔在床上，一言不发地拉开门出去。

刚走到楼梯拐角，杨锦程腰间的BP机就响起来。

杨锦程刚刚走进办公室，周振邦就急切地迎上来。可是，当他看到杨锦程一脸萎靡的样子，突然想到了什么，开口问道："小顾怎么样？"

"哦，还好。"杨锦程勉强挤出一个笑容，"周老师，您找我？"

"是啊。"周振邦拿起一份报告递给他，"你看看这个。"

杨锦程接过报告，只看了一眼开头就把它放在桌子上。周振邦并没有注意到他的无动于衷，激动地在原地来回踱着。

"这个叫沈湘的女孩子表现出非常强烈的情绪反应，行为规律也有明显的变化——你看第7页。"周振邦的语速很快，配合着激烈的手势，"她洗了将近4个小时的澡！而且第二天在学校刷了11次牙。你注意到了么，她离同桌的距离越来越远，几乎要坐到过道里了……"

杨锦程颤抖了一下，表情痛苦地闭上眼睛。

"我们都知道，不同感官记忆调用的先后顺序不同，人在回忆的时候，最先调用的是嗅觉。所以，为了强化介入效果，我觉得，可以考虑在介入情境中，加入一些气味元素——锦程？"

"哦，那个报告我看过了。"杨锦程如梦初醒，"您接着说。"

"你看过了？"周振邦大为惊讶，"那你为什么不向我汇报？如果我们据此调整计划，就会获得更翔实有力的数据。"

"这个……未必吧。"杨锦程回避着周振邦的目光，"个体差异是存在的，沈湘是一个……单纯的中学生，对介入情境有强烈反应也属于正常……”

“没那么简单，这绝对具有典型意义。”周振邦认真地看着杨锦程，“伦敦大学的神经生物学家们提出了一个构想，与气味相关的记忆在大脑海马体不能起协调作用后仍然能够继续保存，如果这种构想成立，那么……”

周振邦突然不说话了，只是怔怔地看着杨锦程，眉头越皱越紧。

办公室内的气氛骤然凝重起来。杨锦程意识到周振邦的异常，扫了他一眼，又迅速避开。

“周老师，”杨锦程费力地笑笑，“您又有什么灵感了？”

“锦程，”良久，周振邦终于开口，几乎是一字一顿，“对沈湘的介入情境是怎样的？”

“按照计划做的。”杨锦程的脸色变得惨白，“往她身上泼洒有异味的污物。”

“泼在哪里了？”周振邦立刻追问道。

“身上啊。”杨锦程的嘴唇哆嗦起来，“外套……裤子什么的。”

周振邦上前一步，紧紧地盯着杨锦程：“那她为什么会刷牙？”

“也许，溅到嘴里了吧？”杨锦程缩着身子，目光躲闪，“当时事发突然……”

“杨锦程！”周振邦低声喝道，“我们都是心理学家，你知道你瞒不了我！”

四目相对。空气瞬间凝固。室内安静得只听见两个人剧烈的心跳声。

良久，杨锦程脸上的表情突然松懈下来。

“王增祥……没有按照原计划进行情境介入。”杨锦程垂下头，低声说道，“事实上，他强奸了那女孩。”

这句话说完，室内再次陷入死一般的寂静。足有半分钟后，杨锦程意识到周振邦并没有如预想般暴跳如雷，心下感到奇怪，更感到恐慌。

他抬起头来，看见周振邦还保持着刚才的姿势，只是瞪大了眼睛，定定地看着自己。

杨锦程急忙站起来，伸手去扶周振邦。

周振邦伸出一只手，做了一个阻止他的手势，同时，急转身，直奔办公桌而去。他的脚步踉跄，以至于被桌角狠狠撞了一下腰。来不及揉搓痛处，周振邦操起电话机，把手伸向数字键。

刚刚按下两个数字，周振邦手中的听筒就被杨锦程劈手夺过，按在电话机上。周振邦伸手去抢，又被杨锦程牢牢按住。

“周老师，您不能打这个电话，无论是报警，还是打给王增祥。”杨锦程一字一顿地说道，“一来，王增祥是您老朋友的儿子；二来，如果王增祥被抓，难免会说出‘教化场’，那我们12年来的努力就统统白费了。”

“她是个孩子！”周振邦低声吼着，眼球几乎要凸出眼眶，“沈湘只是个孩子！”

“我知道！”杨锦程的手上越发用力，语气也坚定了许多，“斯金纳为了验证自己的推论，不惜把自己的孩子关进箱子里……”

“那只是不实的传闻！”

“我知道！”杨锦程凑近周振邦的耳朵，“但是我相信，如果有必要的话，斯金纳一定会这么做的——周老师，构建一个新世界，不可能一点代价都没有。”

周振邦定定地看着杨锦程，突然，他的身体一软，无力地跌坐在椅子上。

“你先出去吧。”周振邦仿佛在一瞬间就苍老了许多，“我想一个人静一会儿。”

这是一个不眠之夜。

一个孩子躲在被窝里，只露出一双眼睛在外面。他蜷缩着身子，竭力忍受着膀胱的鼓胀，同时抵抗着越来越深重的睡意。他不敢合上眼睛，因为只要陷入黑暗，就会看到那张没有五官的脸。

男人靠在窗边，看自己嘴里呼出的烟消散在深蓝色的夜空中。偶尔回头看看身后沉睡的女人，他再一次问自己：我，要不要去死？

少女赤身裸体地站在卫生间里，用冰冷的水反复冲洗着自己的身体，直到她的皮肤已经感知不到任何温度。少女抬起胳膊，仔细地嗅着。最后，她捂住脸，蹲在喷洒而下的水流中呜呜地哭起来。

老人孤独地坐在桌前，偌大的办公室里，只有台灯发出微弱的光。在似乎遥不可及的些许光明中，老人一遍遍地摩挲着手边的一个箱子。

杨锦程站在门口，犹豫了一下，抬手敲响了房门。办公室内一片寂静，毫无回音。杨锦程咬咬牙，抬手推开。

几天没见，周振邦可怕地瘦了下去，头发似乎也稀疏了不少。他坐在清晨的日光中，宛若一个坐化的老僧。

杨锦程走到办公桌前，向他投去一个探询的眼神。

周振邦的肩膀动了动，仿佛一台破败失修的机器在缓缓启动，甚至连锈涩的轴承转动的吱嘎声都隐约可辨。

他向杨锦程推过来一张纸。一张支票。

“补偿给沈湘。”周振邦的声音喑哑，“无论你用什么理由，用什么方式。”

杨锦程无言以对，点点头，伸手拿过支票。

此时，办公室的门突然被撞开，一个年轻的实习生跌跌撞撞地冲了进来。

“周主任、杨主任……”大概是因为恐惧，实习生剧烈地喘息着，“出……出事了！”

“谁让你不敲门就进来的！”杨锦程厉声呵斥道，“出什么事了？”

“那孩子……唐维，”实习生扑到周振邦的办公桌前，双眼圆睁，“今天凌晨在医院……自杀了！”

杨锦程一下子愣住，下意识地向周振邦望去。出乎意料的是，周振邦的脸上丝毫看不出表情变化，只是漠然地盯着实习生。只有杨锦程发现，周振邦扶着椅子的手背骨节上，已经渐渐泛起白色。

“你先出去！”杨锦程拉住实习生，把他推出门外，“写一份详细的报告给我。”

办公室里重归寂静。周振邦依旧如木雕泥塑般坐着。

最后一根稻草，终于落在他的身上。

良久，杨锦程试探地小声问道：“周老师？”

周振邦突然竖起一根手指，冲杨锦程晃了晃，示意他不要说话。随即，老头颤颤巍巍地站起来，茫然地四下张望着，最后，他拿起桌上的玻璃烟灰缸，摇晃着向书架走去。

杨锦程突然意识到他要做什么，刚要冲上去阻止，周振邦就已经挥起烟灰缸，狠狠地向那个斯金纳箱砸去。

这是个近乎完美的仿制品，薄钢板所制，既结实又美观。周振邦砸了几下之后，烟灰缸已经碎成几瓣。然而，除了砸掉几个转轴及摇杆之外，箱体只是微微凹陷。

周振邦的手上已经流出血来，然而，他依旧捏着一块碎玻璃，固执地一下下砸着斯金纳箱，似乎那是他唯一可做的事情。

杨锦程站在原地，静静地看着自己的老师。他没有阻止周振邦，也不想阻止他。

因为他知道，那个新世界，已经彻底坍塌了。

三天后，周振邦辞去了C市社会科学院心理研究室主任的职务。因为事发突然，院党委经过研究，决定任命杨锦程为代理主任。

任职文件下发当天，周振邦在自己的办公室里坐了半天，销毁了大量文件和自己辛苦写就的论文。临行时，他只带走了几本书，没和任何人打招呼，就悄然离开了。

如此巨大的人事变动让研究所内的工作人员无所适从，好在新任领导杨锦程很快就走马上任。没过多久，这场不大不小的风波就平息下来，研究所内的工作秩序迅速得到恢复。大家很快发现，这位新主任似乎比前任更加喜欢独自留在办公室里，默默地一个人思考着什么。

大家不知道的是，杨锦程做得最多的，就是坐在办公桌后，一动不动地凝视着手里的一个U盘。

夏天在无声无息中悄然过去，秋天很快到来。

深秋的一个傍晚，城北的某栋居民楼里，一扇房门被敲响。很快，一个面容憔悴、眼睛浮肿的女人打开房门，疑惑地看着眼前的白发老人。

“你找谁？”

白发老人没有立刻回答她，而是向她身后望去。

狭窄的居室里，正对门口的五斗柜上摆着一张照片。两侧的香烛正燃起浓烈的烟气，萦绕在那张充满童稚的笑脸周围。

老人晃了一下，似乎站立不稳。

“你姓赵吧？”老人的表情与其说亲切，不如说是悲戚，“我是社区介绍来的，听说你正在找工作？”

在每年秋季，心理研究所都要招聘一些实习生，既满足应届毕业生的实习需要，又能帮助所里处理一些日常事务。

因为高校扩招，今年的毕业生数额猛增。研究所比往年更早结束了招聘工作。然而，前来联系实习的学生仍然络绎不绝。

这天下午，又有一个男生在前台和接待人员就实习问题纠缠不清。

“可是，我半年前就已经联系好了。”男生涨红着脸分辩着，“周振邦教授亲口答应我的。”

刚刚外出归来的杨锦程听到“周振邦”这三个字，心里一动，停下了脚步。

他看看这个执着的男生，开口问道：“你叫什么，哪个学校的？”

“师大的。”男生挺挺胸膛，大声回复道，“我叫陈哲。”

四目相对。他们不知道，看似毫无瓜葛的两个人，中间连接着一个人、一个名字、一个箱子。

他们不知道，如此陌生的对视，即将发生在不远的未来。

月光的谎言

老灶台火锅店里热闹非常，本就不大的店面里，几张桌子旁都围坐着不停吃喝的顾客。初秋的夜里，乍暖还寒，几口滚开的铜锅里冒出浓烈的热气，在木框玻璃窗上凝结成一层水雾。街上的路灯正向地面洒下昏暗的黄色光芒，透过玻璃窗上的水雾，向四周辐射开来。

老板站在柜台后，看着拥挤的店堂，表情并不喜悦。

食客们清一色的男性，都是平头，体形粗壮。

5号桌旁，一个穿着黑色夹克衫的男子擦擦额头的汗水，起身把一整盘牛肉片倒进锅里，用筷子搅和了几下，又敲敲锅边。他身旁的几个平头男子纷纷伸出筷子夹肉到各自的盘子里，埋头大吃。其中一个穿套头运动衫的男子吃得心急，刚把滚烫的肉片塞进嘴里就哇哇叫着吐了出来。一桌人都大笑。套头运动衫也尴尬地笑笑，端起啤酒就喝。刚一抬手，就从他的怀里掉出一样东西。

老板循声望去，眼睛一下子瞪大了。

尽管那东西外面包着报纸，但仍能看出是一把砍刀。

套头运动衫弯腰捡起砍刀，又塞进怀里，面不改色地继续吃喝。

老板摇摇头，面色更加难看，心想妈的今天晚上的生意又白做了。

此时，火锅店的门被推开，坐在门口的女服务员本能地起身迎客，刚挪了一下屁股，又坐下了。

一个略秃顶的中年男子走进来，身后跟着一个高大的平头年轻男子。年轻男子一进门，立刻在就近的桌子旁坐下，操起筷子在锅里夹起肉片吃起来，边吃边往5号桌这边看着。

秃顶站在原地，头上是细密的汗珠。他有些紧张地环视着拥挤的店内，似乎坐也不是，站也不是。

没有人看他，也没有人和他说话，似乎秃顶的出现，远没有面前的鱼丸更让人感兴趣。

黑色夹克衫懒洋洋地挥起手里的筷子，喊了一声：“老顾，过来坐。”

秃顶急忙堆起笑容，一边点头，一边猫着腰向5号桌走过去。走到桌旁，老顾才发现已经没有空闲的凳子，闷头吃喝的平头男子们也丝毫没有让座的意思，只好原地站着。

“浩青哥，你找我？”

赵浩青点燃一支烟，深吸了一口，面无表情地上下打量着老顾，转头拍拍身边的套头运动衫。后者把嘴里的菠菜咽进去，放下筷子起身离开。

老顾勉强笑了一下，挨着赵浩青坐了下来。

赵浩青又吸了一口烟，转头向柜台处喊了一句：“再来一箱啤酒。”说罢，他伸出筷子在火锅里挑拣着，嘴里说着话，眼睛却不看老顾。

“你那家货运站，我们要了。”

老顾的脸刷地一下白了，似乎担心已久的事情变成了现实。

“合作还是收购？”老顾擦擦汗，结结巴巴地说道，“浩青哥，这个……有点太突然了。”

“随便，你怎么理解都行。”赵浩青的注意力一直在火锅里，他从怀里掏出一个沉甸甸的牛皮纸袋，“明天我们去接收，货车都留下。”

老顾小心翼翼地打开纸袋，里面是成捆的百元钞票。他拿出一捆，数了数，脸色突然一变，立刻又查了查捆数。

清点之后，老顾的脸色已经变得灰白，他看看赵浩青，舔了舔嘴唇，仿佛还心存一丝侥幸。

“这是……定金？”

“就这么多。”赵浩青终于面向老顾，“连房带车。”

“你开玩笑吧！”老顾一下子控制不住了，“20万？我一个月的营业额都不止这个数！”

赵浩青面无表情地移开目光，仿佛根本没听到老顾的话。

“你把要带走的东西收拾一下，明天上午10点我们来收店。”

“浩青哥，买卖不是这么做的！”老顾紧张地看着店外，“这不是小事，我们得坐下来好好谈谈……”

“谁说要跟你做买卖了？”赵浩青打断他，似乎老顾说了一句非常可笑的话。

“我一家老小都靠这个货运站养活呢！”老顾不停地向店外张望，语气软了许多，“20万……浩青哥，我真的不行……”

“明天上午10点，别忘了。”赵浩青垂下眼皮，“我们准时到。”

这时，火锅店外传来汽车急刹的声音，闪耀的车灯让玻璃窗明亮起来，随即，就听到杂乱的脚步声。

老顾似乎一下子精神起来，语气变得强硬。

“欺负人是吧？”老顾把牛皮纸袋扔在赵浩青面前，“你以为我好欺负？”

店门突然被推开，一个20岁出头的年轻人闯了进来，身后还跟着几个年龄相仿的小伙子。

为首的年轻人拎着铁管，表情凶狠，看到满满一屋子人后，脸色迅速变得尴尬，犹豫了几秒钟之后，转身退了出去。

老顾急得离座而起，连连叫道："哎……哎，梁子……"

赵浩青眼皮也不抬，说道："肖望，去看看。"

陪老顾进来的高大平头男子应了一声，起身走出店外。另外两张桌子旁的人也纷纷起身，转眼间，店内空了一半。

被水汽覆盖的玻璃窗上还贴着"开业大吉"四个红字，在路灯的映衬下，街面上的人在窗户上影影绰绰。很快，这些人影相互纠缠起来，厮打声、喝骂声和惨叫声接连传来。

混乱只持续了几分钟，店外的街面上再次恢复平静。赵浩青一口喝干杯子里的啤酒，拿起牛皮纸袋，拍拍一直在筛糠的老顾。

"走吧，出去看看。"

本就不宽的街面上，横七竖八地躺着十几个人。有的还在翻滚呻吟，有的已经毫无声息。肖望站在路边，一只脚踏在那个叫梁子的年轻人脸上，另一只手拎着砍刀，刀尖戳在对方的脖子上。

赵浩青走过去，拍拍肖望的肩膀。肖望把脚从年轻人的脸上撤下，摸摸脸上的瘀青，退到一旁。

"你叫梁子？"赵浩青面无表情地看着喘息的年轻人，"梁四海是你什么人？"

"他是我爸！"年轻人吐出一口血沫，"你们等着吧……"

正在此时，两辆出租车急停在路边，六七个人鱼贯而出，看到眼前的阵势，他们之中的大多数人都选择站在路边观望，只有一个中年人疾冲过来。

老顾看到他，像看到救星一样扑上去。

“四海哥，你快帮我说说。他们……”

梁四海没理会他，径直走到赵浩青面前，低声问道：“浩青，这是干吗？”

“原来老顾的靠山是你。”赵浩青笑笑，“没什么，谢闯想要老顾的货运站，让我找老顾谈谈——不知道那是你儿子，手重了些。”赵浩青向一直躺在地上的年轻人努努嘴：“抱歉了。”

梁四海看看梁子，低声喝道：“泽昊，站起来！”

梁泽昊爬起来，站到父亲身边，一脸的不服气。

梁四海重新面对赵浩青，表情凝重：“浩青，谢哥想扩大地盘，跟我无关。但是你们不能动老顾，我收了他的钱，这事儿就不能不管。”

“这事儿你管不了。”赵浩青点燃一支烟，“带上你的人走吧，各看各伤——我不追究。”

梁四海没有动，而是微侧过头，冲着路边喊道：“你们几个，过来！”

他带来的那几个人互相看了看，慢慢地围拢过来。

赵浩青皱了皱眉头，向后退了两步。肖望立刻挡在他的身前。

这场打斗并没有持续多长时间。很快，梁四海带来的人已经没有一个能站起来的了。赵浩青吸完这支烟，把牛皮纸袋塞进满脸惨白的老顾手里。

“明天上午10点。别忘了。”赵浩青指指身后的火锅店，“你找人来，我不怪你，不过，去把账结了。”说罢，他就带着平头男子们钻进路边的几辆汽车，相继离去。

老顾拿着纸袋，一脸沮丧。看到正在勉强爬起的梁四海，气冲冲地走过去问道：“梁四海，你收了保护费，现在……现在怎么办？”

梁四海无力地挪到路边坐下，一边擦着满头满脸的血，一边说道：“老顾，这事儿我真的管不了。你也看到了，明知打不过，我还是动了手——就是为了给你一个交代。”

老顾无奈地站起身，跺了跺脚，转身走进了火锅店。

肖望最后一个上车。他看看梁四海，最后，从衣袋里掏出一包纸巾，扔在梁四海的脚下。

深夜。C市公安局。局长办公室。

硕大的办公桌上是一张C市地图，上面插满了红、绿、蓝、黄四色小旗。四色小旗的数量差不多，分布在C市的各个区域，看起来颇有些耀武扬威的味道。

“过去5年来，谢闯团伙开始逐渐从过去的色情业和赌博业向房地产、餐饮娱乐及公路运输业渗透。所以，他们的势力扩展得很快。”

C市公安局刑侦支队副支队长郑霖站起身，拔掉地图上的几个绿、蓝、黄色小旗，在原来的位置插上红色小旗。这样一来，原本数量相当的四色小旗瞬间失衡，居多的红色小旗分外显眼。

“这么说，谢闯这混蛋有一家独大的意思。”局长点燃一支烟，若有所思地看着地图，“老邢，你怎么看？”

“C市有谢闯、陈庆刚、衣洪达和王革四个黑社会性质组织，老百姓把他们称之为‘四大家族’。”C市公安局副局长邢至森慢慢地说道，“过去他们各自有自己的势力范围，彼此能形成一定的牵制。所以，局势还在我们掌控之下。但是，谢闯这几年发展得很快，如果按照这样的势头下去，恐怕不妙。”

“难不成他想一统C市的黑道，”郑霖皱紧了眉头，“做整个C市的大哥？”

“未必不可能。”邢至森的表情凝重，“如果C市的黑恶势力拧成一股，那我们就被动了。”

“所以，我们绝对不能让这种事情发生。”局长把烟头摁熄在烟灰缸里，“五道口的事影响很坏。省厅领导已经下了指示，一定要在年底前清除掉这几股黑恶势力。”

邢至森和郑霖对视了一下，脸色变得更加阴沉。

两天前，五道口建材市场发生一起恶性暴力袭警事件。一家建材公司将大批货物堆放在马路上。区城管执法局多次通知该公司将货物挪走，但对方置若罔闻。当天下午，五名执法人员前往该公司下达限期整改通知书，却被该公司员工围殴。报警后，两名当地派出所民警前往处理，事态不仅没有得到平息，反而又遭殴打。其中一名民警伤势严重，警车亦被砸坏。案发后，几名涉案人员被警方先后控制，皆一口咬定无人指使。当警方前往城管执法局调查取证时，被围殴的5名执法人员均避而不见，给案件的侦破造成极大阻碍。事后查明，涉案的建材公司的法人代表是谢闯的一名手下。此事一出，舆论哗然，一名市委领导更是拍了桌子：

“这C市到底是谁的天下？！”

C市警方面临巨大的压力。

“那小伙子怎么样了？”邢至森低声问道，“听说他只有23岁，刚入警。”

“重型颅脑损伤。”郑霖骂了一句，“还在医院的重症监护室里。”

“老邢，你和郑霖尽快拿出个方案。必要的时候，该用的手段都用上。”局长把手指捏得嘎巴作响，“这群王八蛋，到了收拾他们的时候了。”

说罢，局长站起身来，凝视着C市地图上的各色小旗，突然统统拔起，狠狠地摔在桌面上。

重庆路是C市最热闹的商业街之一，街边商铺林立，除了打折的夏装之外，刚上市的秋装也引来了大量的爱美女性。时值中午，这条街上迎来一天中最喧嚣的时光。

街边的一家牛肉面店里，肖望喝光了最后一口面汤，拿出一盒烟，抽出一支后，坐着慢慢地吸。

透过眼前的烟雾，肖望静静地看着店外的街面。

一支烟要吸完的时候，邢至森从门口进来，略扫视一圈后，径直坐到肖望的面前。服务员抱着餐牌走过来，问道：“先生请问您要点什么？”

“一碗牛肉面，一盘蒜泥黄瓜。”

服务员点头，顺便收走了肖望面前的空碗。肖望垂着眼皮，看也不看邢至森，起身离开，很快消失在店外的人流中。

邢至森没有回头，而是拿起肖望留在桌上的烟盒，拿出一支烟点燃，边吸烟，边若有所思地看着烟盒里一个烟粗细的纸卷。

深夜。C市的一条偏僻小路上，一辆小型货车悄然行驶着。货车司机似乎已经习惯了这种被黑暗包裹的氛围，双目圆睁，全神贯注地看着前方空荡荡的路面。在他的身边，坐着一个昏昏欲睡的年轻人，手里的铁棍已经滑落到两腿之间。

突然，货车司机从后视镜里看到两道由远及近的光柱。随着一阵轰鸣声，一辆黑色捷达车从后方车道疾驶上来。转眼间，已经超过了货车。

货车司机没有在意，以为这辆捷达车会一路飞驰而去。然而，捷达车转入货车前方的车道后，却骤然降低车速，几乎拦在了货车的前面。

货车司机一惊，急忙减速。两车的距离不过十几米。突然的减速让旁边的年轻人醒了过来，咂咂嘴巴，茫然地问道：“怎么了？”

“妈的，碰到个不会开车的傻逼！”货车司机骂道，“估计是喝多了！”

他转过方向盘，想从左侧超车过去。令人意外的是，捷达车于此同时也靠左行驶，车速再次降低。

货车司机不得不用力踩下刹车。两辆车都停在路边，相互间有轻微的碰撞。货车司机把头探出车窗，破口大骂：“你他妈找死啊？”

黑色捷达车上很快下来一个男子，摇摇晃晃地冲货车走来。

“对……对不起，大哥，”男子大着舌头，似乎醉意不浅，“喝大了……对不住啊。”

货车司机骂骂咧咧地挂上倒车挡，打算离开。货物要紧，多一事不如少一事。

不料，男子上前拍拍车门，同时，一股浓烈的酒气钻进司机的鼻子里。

“大哥，咱就别报官了。”男子掏出钱包，“你看看撞得咋样，我赔你钱……你开个价。”

货车司机心里一动，看看旁边的年轻人，后者冲他挤挤眼睛，诡秘地一笑。

货车司机将车熄火，跳下来，佯装低头查看车头被撞的部位，起身说道：

“我也不跟你多要，2000块……”

话音未落，他就感到有一支枪顶在自己的后脑勺上，身体可笑地半弓着，动也不敢动了。

几乎是同时，捷达车上又跳下两个人，直扑已经吓傻的年轻人。

翌日上午。俪宫娱乐城门前热闹非凡，一座巨大的红色充气拱门摆在门前，各式花篮沿着红毯铺至路边。一辆接一辆的豪车陆续停在门口，众多衣着华贵，却面色不善的人先后下车，踩着红毯走进娱乐城。西装革履的赵浩青站在红毯尽头，笑容满面地招呼着来宾。时间到了8点18

分，路边的绿色礼炮先后鸣响。各色纸屑纷纷飘落在红毯上，一派喜庆的景象。

二楼的VIP包房里，一胖一瘦两个男子坐在宽大的沙发上闲聊。茶几上一片狼藉，果核和松子皮到处都是。一个身穿旗袍的女服务生走进来，跪在地上把桌上的垃圾收走。胖子上下打量着女服务生，在她起身离去的时候，突然伸出手去在女服务生的屁股上拍了一把。瘦子见状，嘿嘿地笑起来。女服务生红着脸，匆匆出门，恰好和刚进来的赵浩青撞了个满怀。女服务生急忙道歉。赵浩青掸掸衣服，皱着眉头示意她出去，随即，对室内的两个男子露出笑脸，侧身让出一个位置。

一个穿着黑色唐装的平头男子走进来，挥手示意正欲起身的胖瘦两个男子坐下。

“都坐，都坐。”平头男子在沙发上坐下，“庆刚、王革，谢谢两位兄弟来捧场啊。”

“闯王，你的买卖是越做越大了。”陈庆刚点燃一支烟，似笑非笑地看着谢闯，“看来，以后我们几个都得跟着你混了。”

“你又开玩笑，都是兄弟们捧场。”谢闯松开唐装的领口，“对了，老衣呢，他怎么没来？”

“老衣让我跟你说一声，他晚点到。”王革懒洋洋地掏出一个厚厚的信封，递给谢闯，“昨晚他那边出了点事。”

“什么事？”谢闯接过信封，掂了掂，随手递给在一旁站着的赵浩青。

“昨晚有一批货被劫了。”王革哼了一声，“老衣正火大呢。”

“什么货？”谢闯皱起眉头，“被警察截了？”

“听说是这个。”王革伸出拇指和食指，做出一个枪的手势，“应该不是警察干的，因为只劫走了货，没抓人。”

“那能是谁呢？”谢闯想了想，“在C市，还有人敢动‘四大家族’？”

谢闯看看陈庆刚，又看看王革。

室内的气氛一下子微妙起来。

这时，赵浩青看看手表，俯身低声说道：“闯哥，该你出去致辞了。”

谢闯点点头，站起身，对二人说道：“我先出去忙活一下，待会儿两位兄弟多喝几杯。如果老衣到了，告诉他先别走，宴会之后，我有点事想跟大家谈谈。”

说罢，谢闯在赵浩青的陪同下，离开了包房。门口，一身簇新西装的肖望正在活动着脖子，似乎扎紧的领带让他很不舒服。赵浩青笑了笑，对他做了一个松一松的手势。肖望点点头，不好意思地挠挠脑袋，随即就双脚跨立，正色站在门口。

宴会行将结束的时候，衣洪达终于赶到俪宫娱乐城。在生硬地向谢闯道贺后，一脸阴沉的衣洪达就不停地吸烟、喝酒，面前的佳肴碰也不碰。

酒足饭饱之后，陈庆刚等三人被安排到VIP房休息，还安排了几个女公关陪他们打麻将、唱歌。傍晚时分，谢闯终于带着赵浩青回来了。

一进门，王革就嚷起来：“闯王，你干吗去了？留我们在这里打麻将，妈的我输给庆刚好几万了。”

衣洪达也推开眼前的麻将牌，阴着脸说道：“闯王，有话快说，我今天很忙。”

谢闯倒不着急，脱掉外套扔在沙发上，坐到衣洪达旁边，问道：“老衣，货的事儿怎么样了？”

衣洪达看了看谢闯，又看看另外两人，脸色更加难看。

“怎么，你们都知道了？”

“在C市，动‘四大家族’的货，不是小事。”谢闯笑笑，“瞒不住的。”

衣洪达骂了一句，把事情原原本本地说了一遍。听罢，四个人都陷入短暂的沉默。片刻，王革看看谢闯，问道：“闯王，你怎么看？”

谢闯略沉吟了一下：“老衣的货车司机说，这几个人都是生面孔，车是套牌，手法也挺利落，恐怕不是一般的小毛贼。”他顿了一下，面向衣洪达：“而且，老衣，我觉得你的人里有内鬼。”

“我也在查。”衣洪达拈起一张麻将牌，又狠狠地拍在桌面上，“100多万的货，吞下去也得给我吐出来！”

“老衣，货的事不算大。”谢闯笑笑，“你想过没有，对方吞了这么大一笔货，目的是什么？”

衣洪达愣住了，和陈庆刚、王革对视了一下。

“闯王，你的意思是？”

谢闯环视其他三人，慢慢地说道：“这批货，到了任何帮派手里，都是一股不可小觑的力量。”

王革顿时紧张起来，急忙说道：“闯王，你别开玩笑！”

谢闯笑起来：“我当然不是说你们，大家认识这么多年，不会对自己人下手。”

衣洪达“哼”了一声。谢闯没有理会他，而是继续说道：“C市这么大，能捞钱的领域也越来越多，我们混了十几年，有了这样的身家，有人眼红，也算正常。有人想取我们而代之，更正常。”

陈庆刚看看谢闯，慢慢地说：“也就是说，又有新人要冒头？”

“有这个可能。”谢闯垂着眼皮，点燃一支烟，“除了我们四个，C市的大小帮派还有十几个。看着别人碗里有肉，能不眼馋？”

“会不会是梁四海？”王革想了想，“这小子最近挺活跃。”

“不会，他是小虾米。”谢闯摇摇头，“前几天刚被我干了一下，成不了气候。”

“哼，是呀，被你干了，”衣洪达的表情依旧不善，“所以劫了我的枪，回头找机会再来干你！”

“哈哈，老衣，别赌气。”谢闯笑笑，拍拍衣洪达的肩膀，“其实被谁劫走都不重要。如果我们够强大，照样能干掉他！”

其余三人互相看看，又把视线齐齐地投向谢闯。

“一直以来，C市人都把我们称作‘四大家族’，大家各有各的地盘，平时井水不犯河水，各发各的财。”谢闯慢慢地说道，“不过，大家想过没有，这样的日子还能持续多久？”

王革讪笑道：“闯王，你想得够远的。”

“C市的经济发展越来越快，这块蛋糕也会越来越大。再让那些小虾米们捡蛋糕渣吃，他们肯定不干。”谢闯的目光一一扫过其余三人，“他们吃不饱，就要起来造反——到时，我们四个能应付过来么？”

“闯王，你别绕圈子了。”陈庆刚沉吟半晌，说道，“你到底想说什么？”

“这个世界很现实，干掉你，我就能做大哥。”谢闯伸出一只手，攥成拳头，“要想不被人干掉，我们就得团结起来，形成任何人都撼动不了的力量。”

“你的意思是……”王革向左右看看，“我们要……合并？”

“是合作。”谢闯目光炯炯，“更有力、更深入、更彻底的——合作。”

衣洪达面无表情地看着谢闯，最后站起来，整整身上的衣服。

“闯王，你说完了吧？”衣洪达转身向门口走去，“我还有事，恕不奉陪了。”

谢闯看着衣洪达走出包房，脸上看不出表情变化，转而面向陈庆刚和王革。

“你们二位呢？”谢闯问道，“有什么想法，不妨说说。”

陈庆刚和王革对视一下。随即，陈庆刚笑了一下：“闯王，这事儿……有点太突然了，容我们哥俩想想。”

“行。”谢闯倒也爽快，“有什么意见，随时联络我。”

送走陈庆刚和王革，赵浩青返回包房，见谢闯还坐在沙发上，表情从热情洋溢变得若有所思。

赵浩青替谢闯点燃一支烟，静静地站在他的身边。

谢闯吸了半支烟，转身看看赵浩青，问道：“浩青，你怎么看？”

“陈庆刚和王革那边问题不大。”赵浩青斟酌着词句，“比较棘手的是衣洪达。‘四大家族’里，除了我们，衣洪达的实力最强，硬来，恐怕只能两败俱伤。”

谢闯点了点头：“老衣和王革最要好，搞定了老衣，王革那边就水到渠成——到时陈庆刚想不答应都不行。”

“闯哥，接下来怎么办？”

谢闯想了想：“奇怪的是，老衣的那批货，早不被劫，晚不被劫，偏偏在这个当口出事。”

“我去查一下。”赵浩青立刻说道，“老衣的人肯定有问题。”

“嗯。”谢闯皱起眉头，双眼在烟雾中若隐若现，“重点查查那个货车司机。”

经过一阵喧闹之后，震耳欲聋的电子音乐渐渐停止。刚刚还在舞池里疯狂扭动的男女们纷纷回到座位上，端着冰凉的啤酒消解身上的热气。大鱼酒吧里暂时恢复了安静。光线依旧幽暗，氛围依旧暧昧。酒吧一角的小小舞台上，一个长发及肩的年轻女孩抱着吉他走上来。稍稍调试后，她就坐在高脚椅上，拨动琴弦，轻声吟唱《月光の云海》。

肖望走进酒吧，在角落里找到一张空桌子，坐下来，静静地看着唱歌的女孩。

每当疲惫不堪的时候，肖望就会到大鱼酒吧来坐坐，听那个女孩唱日文歌。据酒吧里的人说，女孩叫裴岚，是C市艺术学院的学生，课余就来酒吧驻唱，赚点零花钱。这女孩很怪，从不接受客人点歌，只唱自己喜欢的歌，而且只唱久石让的歌。久而久之，自然不会有太多人来捧她的场。

女孩也不挑剔，唱完几首歌，拿到几张可怜的钞票就走人。

肖望说不清自己为什么会喜欢听裴岚唱歌，只是觉得看到她的时候，整个人会安静下来。似乎刚刚经历的打杀，以及宛若迷雾的未来，都是与己无关的事情。他听不懂她在唱什么，却痴迷于她笔直垂下的长发、拨动琴弦的手指、微闭的双眼和瘦削的肩膀。

他坐着，脸的一侧隐藏在黑暗中。连同那一大片瘀伤。

不知道什么时候，我能以另一种身份，带着骄傲的神情坐在这里听她唱歌。他这样想。

一首歌唱完，酒吧里响起稀稀拉拉的掌声。裴岚略欠欠身，开始唱另一首歌：《迷路的孩子》。

相同的姿势，相同的神情。女孩唱得很投入，偶尔抬起头来，会看到一直默默凝望着她的肖望。四目对接。女孩报以温暖的微笑。肖望同样还以微笑，手指在桌边轻轻地打着拍子。

歌唱到一半，酒吧里突然传出一声叫骂："什么他妈破玩意儿啊，磨磨叽叽的，老子就不爱听日本歌——给我唱个《大刀向鬼子们的头上砍去》！"

肖望皱起眉头，循声望去，看见一个平头圆脸的胖子正靠在沙发上，冲着舞台上指指点点。

裴岚仿佛没听见一般，依旧轻声吟唱着。刚唱了几句，一个啤酒瓶就扔了过来，"哗啦"一声摔碎在裴岚的脚下。裴岚吓得尖叫一声，歌声也戛然而止。

几乎是同时，另一张桌子前站起几个人，为首的一个冲胖子骂道：

“土鳖，不爱听就滚！再他妈闹事就打折你的腿！”

胖子抬起头，脸上不怒反笑：“我靠，在这儿还有敢跟我叫嚣的？你谁啊？”

肖望看看双方，暗自冷笑。胖子是王革的弟弟王宝，另一伙应该是梁四海的人，为首的正是梁泽昊。

这酒吧在陈庆刚的地盘上，梁泽昊肯定会吃亏。

正想着，梁泽昊已经带着几个人走到王宝面前，阴着脸说道：“要么滚，要么挨打，你选吧。”

王宝跷着二郎腿，慢条斯理地点燃一支烟，斜着眼睛看看梁泽昊。

“要是我都不选呢？”

话音未落，酒吧里已经站起20多人，迅速围拢过来。

梁泽昊看看对方超过自己近三倍的人数，脸色有些发白，嘴上也软了许多。

“你一个大男人，欺负一个女孩子，太没风度了吧？”

“哈哈，我就欺负了，怎么着？你不认识我吧，我是王革的亲弟弟——王宝！”王宝笑起来，扭头看看舞台上手足无措的裴岚，“那是你马子？”

听到这个名字，梁泽昊的脸色更白了。他舔了舔嘴唇，说道：“王宝，咱们出去谈，别妨碍人家做生意。”

“哈哈哈！”王宝笑得更欢了，“这是陈哥的地盘，我想怎样，就怎样。”

王宝扔掉烟头，站起身来，指指梁泽昊：“把他们几个给我带回去。”说罢，他又朝舞台方向挥挥手，“还有那个女的。今天宝爷要来个双打——打人加打炮！”

梁泽昊几人只反抗了几下，就被王宝的手下牢牢按住，陆续拖了出去。另外几个人冲上舞台去拽裴岚。裴岚一边挣扎，一边呼救。然而，无论是服务员还是顾客，都无动于衷地看着她，更没人上前伸出援手。撕扯间，裴岚望向那个一直来听她唱歌的男子。让她感到绝望的是，那张桌子前已经空无一人。

大鱼酒吧外。王宝一脸骄横地走在前面，身后是被手下牢牢钳制，还在不断挣扎叫骂的梁泽昊等人。披头散发、不住地哀求哭泣的裴岚走在最后。

一行人走向路边停放的几辆商务车，他们呢完全没注意到，在他们身后，肖望正拎着一个沉甸甸的布制购物袋快步跑来。

一个穿着蓝色衬衫的胖大男子一手拽着裴岚，另一只手去拉车门。刚拉开一半，就听见头顶传来一阵风声。紧接着，剧烈的痛感从头上传来，还伴随着清脆的玻璃碎响。

胖大男子惨叫一声扑在汽车上，本能地护头躲避。肖望又甩起布袋，狠狠地砸向另一个抓住裴岚的男子。

布袋里的啤酒瓶已经碎裂，锋利的茬口刺穿布袋，宛若一个微型狼牙棒。男子伸手去挡，顿时血花四溅。

正被推搡上车的梁泽昊等人一见局势有变，也开始趁乱反击。一时间，几十个人在街头混战起来。

肖望挥舞着布袋，接连打倒了几个人。其他人知道碎啤酒瓶的厉害，一时也不敢上前。然而，布袋耐不住摔打和切割，很快就四分五裂。见他手里没了武器，几个人又一拥而上，抡起砍刀和铁管，劈头盖脸地向肖望打来。

肖望的头上见了血，后背也挨了一刀。他红着眼，咬着牙，忍受着雨点般的殴击，揪住一个瘦子猛打，很快抢到了一根铁管，在身前胡乱挥舞着。转眼间，又有两个人倒地。

此时，刺耳的警笛声由远及近。不远处，几辆警车正闪耀着蓝红相间的警灯，疾驶而来。

肖望急忙四处张望，看见裴岚背靠在墙壁上，已经被眼前的恶斗吓得几近瘫软。

肖望冲她吼道："跑啊！"

话音未落，满头是血的梁泽昊就冲过来，拽起裴岚就跑。

肖望心里一松，顿时觉得身上没了力气。又挨了几下重击之后，肖望忽然觉得四周的人影骤然密集起来，还伴随着"不许动""把刀放下"之类的呵斥。

来不及多想，肖望就被反剪双手，脸朝下按在了冰冷的路面上。

入夜。C市公安局讯问室。

肖望的双手被铐在暖气管子上，整个人半躺在墙角，已经陷入半昏迷状态。

突然，一杯冷水泼在他的脸上。肖望打了个激灵，随即就开始像一条濒死的鱼一样扭动着身体，大口呼吸着，紧接着，就是一阵剧烈的咳嗽，大量血沫混合着痰液喷射在地上。

郑霖蹲在他的身边，衬衫的袖子高高挽起，领扣已经打开了两个。他揪起肖望的头发，看着那张完全湿透、一片惨白的脸，一字一顿地问道："我再问你一遍，谁让你去干王宝的？"

肖望无力地仰着头，双眼因为头发被拽而泛起大片眼白。他喘息着，断断续续地说道："没人……我自己愿意……"

郑霖的脸颊鼓起来，死死地盯着肖望的眼睛。

揪着头发的手猛地用力，肖望的头被牢牢地按死在水泥地面上。

突然，讯问室的门打开了，邢至森探进半个身子，目光一下子就集中在肖望脸上。

肖望的眼睛瞪大了，猛烈地挣扎起来，嘴里呜呜地叫着，眼神中露出愤怒和祈求的神情。

邢至森的脸上没有表情，视线只在肖望脸上停留了几秒钟就迅速离开。

"小声点！"

说罢，邢至森就关上门，转身离去。

肖望突然不再挣扎，只是死死地盯着那扇关闭的门，脸色涨红，双眼圆睁。

第二天下午，鉴于双方都未造成严重后果，且都同意协商解决，肖望和王宝等人先后离开了公安局。

肖望离开的时候，只能扶着墙勉强走动。满身的伤让他举步维艰。好不容易走出公安局的院子，肖望远远地看见赵浩青的车停在路边。赵浩青戴着墨镜，脸色铁青，冲他挥挥手。

肖望弓着腰，慢慢地走过去。刚迈出几步，就感到有人扶住了他的肩膀。肖望回头一看，居然是梁四海。

梁四海冲他笑笑，抬头对已经拉开车门下来的赵浩青喊道："浩青哥，我不是来找事的，跟肖望聊几句就走。"

赵浩青看看肖望，又看看他，点点头，靠在车门上吸烟。他带来的人都坐在车上，警惕地向这边看着。

梁四海扶住肖望，抽出一支烟递给他，又帮肖望点燃。

"兄弟，泽昊昨晚跟我说了这件事。"梁四海掏出一个信封递给肖望，"就不说谢谢了。一点小意思，回去好好养伤。"

肖望垂下眼皮，把信封推了回去："我不要。你也别多心，我不是为了你儿子才动手的。"

梁四海怔了一下，随即笑笑："为了谁都不要紧。如果不是你，泽昊不可能手脚完整地回来。"

"四海哥，我知道你做事讲义气。"肖望的态度坚决，"但我是闯哥的人，你的钱我不能要。"

"也好。"梁四海倒也不纠缠，把信封揣进怀里，"用得到我的地方，你尽管开口。"

"咱们别再打起来就好。"肖望想了想，低声说道，"最近不太平，别让你儿子出去惹事。"

"嗯。我知道。"梁四海的表情变得凝重，用力地按了按肖望的肩膀。

“还有……”肖望犹豫了一下，脸色微红，“昨天那女孩……怎样了？”

“嗯？”梁四海似乎有些意外，随即就答道，“你说那个艺校的女孩是吧？她吓坏了，泽昊在陪她。”

“哦。”肖望点点头，笑了笑，扔掉烟头，“那我走了，四海哥。”

说罢，肖望和梁四海握握手，转身向赵浩青的车走去。

赵浩青一直在盯着梁四海，待肖望走近，才把视线集中在他的身上。上下打量一番之后，冷冷地问道：“没事吧？”

“没事。”肖望勉强挤出一个笑容，“谢谢浩青哥。”

赵浩青面无表情地转身上车：“走吧，闯哥要见你。”

俪宫娱乐城的地下室里，灯光昏暗，粗糙的水泥墙壁无法反射任何光线，因此，谢闯头顶的那盏灯只能照亮他身前的一小块地面。

谢闯坐在光柱中，自上而下的光让他的眼睛和嘴巴都隐藏在阴影中，看上去，只是三个黑黑的窟窿。在他身前的黑暗中，肖望跪在地上，双臂被人牢牢抓住，头发被揪起，脸部上扬。赵浩青拿着一个竹片，用力地抽打着肖望的脸。

肖望的嘴角淌着血，脸已经完全肿起来，像一个红色的气球，双眼只剩下两道缝隙。

赵浩青打几下，就要停下来，活动一下脖子，擦擦汗水，稍微平复一下呼吸后，挥手再打。终于，他也累了，摇晃着靠在墙边，一边用竹片扇风，一边喘着粗气。

当赵浩青重新站在肖望面前，调整姿势，扬起竹片的时候，谢闯开口了。

“行了。”

赵浩青转过身，冲谢闯点点头，扔下了手里的竹片。

肖望垂着头，无力地跪在地上，如果不是有人抓住他的手臂，肖望肯定会瘫软下来。血混合着涎水从肿胀的嘴里流下来，长长地拖挂着，仿佛一条红丝带般垂在他的嘴角。

“这段时间，都给我老老实实的。”谢闯环视着手下，“合并之前，如果再有人去找其余三大家族的麻烦，他就是榜样。”

谢闯指指还跪在地上的肖望：“把他带下去！”

两天后。大鱼酒吧。

肖望戴着墨镜和棒球帽，坐在一个角落里，默默地注视着舞台上那个穿着吊带背心和短裙的女人。后者正应客人的要求，甜声腻气地唱着一首《求佛》。

肖望一口喝干杯子里的啤酒，起身离去。

深夜。C市师范大学田径场。

肖望坐在水泥台阶上，边吸烟边凝视着面前的操场。没有光。这漆黑一片的场地显得空旷无比。偶尔有夜跑的学生经过跑道，只听见球鞋踩在地上的沙沙声。

肖望的脚边已经丢了几个烟头。他不想动，也不想思考，只是看着眼前漫无边际的黑暗，有一种投身进去的冲动。

突然，肖望的余光中出现一个人影，悄无声息地向他身边走来。肖望没有回头，因为他不危险，虽然肖望此时并不想看到他。

邢至森挨着肖望坐下来，并没有急于开口，而是打量着棒球帽下的那张脸。

“没事吧？”

肖望扔掉烟头，用脚踩灭，又点上一支烟，低声说：“没事。”

邢至森拍拍他的肩膀：“老郑不知道你的身份，别往心里去。”

肖望笑笑：“这是谢闯打的。”

“哦？”邢至森挑起眉毛，“为什么？”

“我打了王宝。”肖望低下头，“所以谢闯要惩罚我。”

“这么说，谢闯还真打算合并‘四大家族’。”邢至森摸摸下巴，“而且他还挺重视这件事。”

“看起来是。”肖望看看漆黑一片的天幕，“他嘱咐我们，最近不要去找另外三伙人的麻烦。”

邢至森点燃一支烟，沉思了一会儿，突然笑了笑：“这是好事。他越重视，我们就越有机会。”

“接下来怎么办？”肖望转头看看邢至森，“赵浩青已经在查那批枪的事儿。”

“问题不大。你不是老衣的人，查不到你头上。”邢至森想了想，慢慢地说道，“那天他们讨论运货路线的时候，你不是没露面么？”

“没有。”肖望很快回答，“我在隔壁包间。”

“嗯。”邢至森点点头，“你继续潜伏，如果有情报，马上联系我。”

肖望没作声，沉默了一会儿之后，开口问道：“你为什么只劫了货，没抓人？”

邢至森没有回答，而是从衣袋里拿出一个信封递给肖望。

“一点补偿。”

肖望没有接信封，而是定定地看着邢至森，继续问道：“你到底有什么计划？”

“这不是你该知道的。”邢至森径直把信封塞进肖望的衣袋，“我先走，你半小时后再离开。”

“我总得知道该干什么，不该干什么！”肖望提高了声音，“总不能让我像个傻子一样吧？”

“该干的，不该干的，你都没少干。”邢至森低声说道，“这次如果不是我们施压，你以为王宝会轻易放过你？”

“这怪我么？”肖望站了起来，“你让我去做黑社会啊，大哥！不是他妈的教书匠！”

“你他妈是警察！”邢至森板起脸，“为了一个女人就去搞事——你给我坐下！”

肖望一下子松懈下来，沉默片刻，低声说道：“你别把裴岚扯进来。”

“那不是我能决定的。”邢至森冷冷地说道，“她已经跟了梁泽昊了。”

肖望瞪大了眼睛：“谁说的？”

“你以为我什么都不知道？”邢至森的表情很不耐烦，“听说你被抓进来我就觉得奇怪——没想到是为了一个女人！”

“不可能！”肖望似乎完全没在意邢至森的指责，“她不可能喜欢梁泽昊这种人！”

“有什么不可能，她去卖唱为了什么？不就是钱！”邢至森冷笑一下，“梁泽昊有钱，有人，有势力。你有什么？一个打手、喽啰、小混混——你能给她什么？”

肖望不说话了，只是原地站着，狠狠地咬着牙。

“往好处想吧，那姑娘也不适合你。”邢至森幽幽地说道，“等你恢复了身份，什么样的好女人找不到……”

“我先走了。”肖望突然打断他，“有事再找我吧。”

说罢，肖望就头也不回地走下台阶，沿着跑道走出了田径场。

邢至森不动声色地看着肖望消失在黑暗中，微叹口气，又点燃一支烟。

吸了半支烟，邢至森的脑海中浮现出肖望和梁四海在公安局门口握手的画面。

他的嘴边露出一丝微笑。

时至午夜，空无一人的校园里，只有路灯寂寥地站在阴影中，默默地把昏黄的光投射在地面上。风起。月暗。没有期待的云海。

一切只是幻觉，或者谎言。

高尚的。卑劣的。勇敢的。怯懦的。甜蜜的。苦涩的。此前，之后，概莫能外。

肖望表情僵硬，目不斜视地走在路上，双拳握得咯吱作响。

突然，他加快了脚步，最后，飞跑起来。

空荡荡的校园里传来一个男人撕心裂肺的吼声，惊起一群晚归的乌鸦。

浴池中水雾蒸腾，乳白色的池水中，一个木制托盘静静地漂浮着。谢闯坐在水中，双目半闭，皮肤因热水的浸泡而微微泛红，胸口处文刺的一只猛虎显得越发凶恶。一个全身赤裸的女子依偎在他的身边，从托盘里拈起一颗葡萄，塞进谢闯的嘴里。

谢闯闭目咀嚼，突然感到有人进来。他睁开眼睛，看见赵浩青站在浴池边上，冲他微微颔首。

谢闯拍拍身边的女人。女人识趣地站起来，湿漉漉地从浴池中爬出，走出门去。

“怎么样？”谢闯依旧半靠在池壁上，懒洋洋地问道。

“那货车司机没什么问题。”赵浩青上前一步，低声说道，“告密的应该另有其人。不过，最近梁四海那边动静挺大，连吃了两次亏，最近急着招兵买马。有人说，他手里有真家伙。”

谢闯的脸上看不出表情变化，只是点头“嗯”了一声。赵浩青看看他，说道：“那我先走了，闯哥。”

谢闯闭上眼睛，似乎就快要睡着的样子。赵浩青转身欲走，刚迈出两步，谢闯又开口了。

“浩青，肖望跟你多久了？”

“三年多。”赵浩青想了想，“怎么？”

“没事。”谢闯挥挥手，“你去吧。”

S市，聚源钢厂。

几辆黑色轿车停在钢厂的伸缩门前，连按了几声喇叭。一个保安模样的男子走出来，看看车牌，然后按动遥控器，打开大门。

同时，肖望从保安室里走出来，引导这几辆黑色轿车向厂区里面开去，自己则一路小跑跟在车边。

在一间厂房门口，几辆轿车依次停好。王革从车里下来，伸了一个懒腰，见肖望一路跑过来，劈头问道："闯王搞什么鬼？大老远地把我们叫到这个鬼地方。"

肖望有些微微气喘，赔着笑说道："我也是奉命行事，王哥，这边请。"

王宝随即下车，皱起眉头上下打量着肖望。肖望只是点头致意，对王宝脸上的敌意视而不见。

几个人走进厂房。一进车间，跟在王革身后的王宝就大叫受不了。的确，厂房外还有些秋季的凉意，而车间里则是足有40多度的高温。特别是轨道上停放的一个钢包，里面是满满的一炉钢水，还在散发着令人生畏的热气。

王革皱起眉头，还没等他发问，头顶就传来谢闯的声音。

"王革，上来。"

王革循声望去，只见谢闯站在二楼控制室的窗口前，冲自己挥着手。

进入控制室，王革不由得一愣。狭小的房间里挤满了人，除了谢闯，还有陈庆刚和衣洪达。另外一个倒是陌生人，不过，也是让王革感到更加意外的人。

这是个男子，双手被几条长长的绳索缚在身前，抖抖索索地坐在控制室的窗口。从脸上和身上的伤痕来看，他曾经被打得不轻。

“闯王，这是演的哪一出啊？”王革感到控制室里闷热难当，额头上立刻沁出细密的汗珠。

“没什么。”谢闯慢条斯理地擦着汗，身上的衬衫已经几乎湿透，“请你看场好戏。”

王革感到有些莫名其妙，扭头看看陈庆刚，后者耸耸肩膀，也是一副不明就里的样子。王革又把视线投向衣洪达，衣洪达却并不看他，只是死死地盯着那个被缚的男子，胸口剧烈地起伏着。

谢闯笑笑，冲男子努努嘴巴，对王革说道：“这是老衣的人，上次运货的司机——就是他吞了那批货。”

货车司机听到谢闯的话，抖得更加厉害。他勉强睁开被血糊住的眼睛，带着哭腔说道：“衣哥……不是我……真的不是我……”

衣洪达跳起来，一把揪住货车司机的头发，吼道：“我的货呢？”

“我不知道……真的不是我……”货车司机一脸绝望，“我没那个胆子……衣哥……”

“老衣，你的人嘴够硬的。”谢闯笑笑，从身后的椅子上拿起一个黑色塑胶袋，扔在衣洪达脚下，“不过，我在他家里发现了这个。”

黑色塑胶袋的袋口松开，露出几捆百元大钞。

“那不是我的……”货车司机又恐惧地分辩道，“我不知道从哪里来的……”

“我的货呢！”衣洪达看到塑胶袋里的钱，表情扭曲起来，揪住货车司机的头发连连摇动，“你卖给谁了？快说！”

谢闯拉开衣洪达：“老衣，别费劲了，他不会说的。”

衣洪达不依不饶地抬脚又踹，嘴里还骂着：“妈的，吞了你也得给我吐出来！”

“我知道你的货在哪里。”谢闯看着瞪大眼睛的衣洪达，“回头我会告诉你。”

衣洪达盯着谢闯看了几秒钟，问道：“你怎么查到的？”

“我自有我的办法。”谢闯回头看看不停哀号、哭泣的货车司机，“不过，有件事必须要做——否则以后人人都敢劫我们的货。”

说罢，谢闯上前一步，猛推了货车司机一把，后者惊叫一声，从窗口跌了出去。

众人皆受惊不小，此时，控制室的窗框发出难听的吱呀声。四根细绳拴在窗框上，另一端垂挂在窗外。

陈庆刚趴在窗口向下看看，不由得倒吸了一口冷气。

货车司机被悬吊在窗口下，四根细绳的另一端绑在他的双手手腕上。在他的下方，就是那个盛满钢水的钢包。

见陈庆刚神色异常，其余三人也趴到窗口，一瞥之下，每个人的脸上都变了颜色。

谢闯倒是一副淡定的样子，搬过一把椅子坐在窗边。然后，他从衣袋里掏出一把匕首，看似漫不经心地在那四根绷得紧紧的细绳上刮着。

“上次我跟大家谈的那件事，不知道你们考虑得怎么样。”谢闯并不看其余四人，“大家有顾虑，我能理解。你们一定觉得，我想一家独大，吞了你们三个。”

王革和衣洪达彼此看看，没有说话。陈庆刚则一直盯着谢闯手里的刀子。

“但是你们想过没有，我吞了你们，对我有什么好处呢？”谢闯慢慢地说道，“如果打你们，我不可能毫发无损。拼到最后，就算我赢了，‘四大家族’变成我一个光杆司令，随便一个什么小帮派就能灭了我。”

说罢，谢闯笑笑，手上猛然发力，一根细绳被挑断。

吊在空中的货车司机猛地摇晃了一下。他似乎感到那四根救命的绳子已经少了一根，分辩和求饶变成了恐惧的号叫。

肖望站在车间门口，目瞪口呆地看着吊在钢包上的货车司机。看着他脚上已经开始融化的皮鞋和蹿起火苗的裤脚。

控制室里，谢闯依旧在慢条斯理地讲着：

“在我们之中，王革手下的洗浴和娱乐场所最多；庆刚最年轻，脑子最灵活；老衣和俄罗斯那边联系最密切——如果我没猜错，那批货就是从俄罗斯弄进来的。”谢闯的视线一一扫过众人，“至于我，我的地盘最大，人最多，所以，你们办不到的事情，也许我能办到，对吧，老衣？”

衣洪达勉强笑笑：“谢了，闯王。”

“我吞了你们，这些优势我统统都得不到，还拼了个两败俱伤，何苦呢？”谢闯又用刀子挑起一根细绳，“相反，如果我们大家能合并到一起，我有你的优势，你分享我的资源，那会是什么局面？”

话音未落，又一根细绳被挑断。

货车司机大概已经意识到自己的命运不可逆转，一边号哭，一边大骂起来："谢闯！我干你娘！衣洪达，你他妈瞎了眼！干你娘……"

谢闯对窗外的骂声充耳不闻，依旧意味深长地看着其余四人。

"我们是黑社会，没错，看起来天不怕地不怕。但是我们自己都清楚，警方最喜欢看到的局面，就是我们各自为战，彼此牵制。因为他们想收拾我们的时候，可以各个击破。"谢闯朝窗外努努嘴巴，"说穿了，我们和他一样，有四根绳子吊着，也许还能保一条命。如果这些绳子一根根断掉……"

谢闯拿起刀子，锋利的刀刃缓缓伸向第三根绳子。

"你们猜会怎么样？"

话音未落，第三根绳子齐刷刷地断开。

第四根绳子瞬间绷直，只坚持了一下，就再也承受不住货车司机的体重，拉断了。

窗外传来一声绝望的惨呼，瞬间，又消失了。

肖望眼睁睁地看着货车司机在空中绝望地挥舞着手脚，转眼间就落入钢包中。沸腾的钢水飞溅出来，落在地上冒起青烟。

车间里陷入一片死寂。片刻，肖望听到一声轻微的打火机按动的声音。他下意识地回头看去。赵浩青倚在门旁，若有所思地看着钢包，缓缓地吐出一口烟。

控制室里。同样没有人说话，所有人都把目光集中在那几根断裂的绳子上。谢闯收好刀子，平静地说道："要想活命，绳子，不能断。要想保住地位和身家，我们几个，必须牢牢地捏在一起。”

依旧是沉默。良久，衣洪达突然站起来，走到控制室中央，环视众人之后，伸出一只手。王革犹豫了一下，也走过去，伸出手压在衣洪达的手上。谢闯笑笑，上前握住两人的手，同时把目光投向陈庆刚。

陈庆刚耸耸肩膀：“既然大家都表态了——算我一个。”

四只手搭在一起。每个人都意识到，C市的黑道格局，将就此改变。

“很好。”谢闯显得非常满意，“至于合作的细节，下周我们开会讨论。”

说罢，谢闯突然向衣洪达挤挤眼睛：“老衣，你的那批货，下家是梁四海。”

一直坐在角落里的王宝突然抬起头来。

深夜。一辆箱式货车在公路上飞驰。此刻秋风渐起，公路两旁的树木随风摇摆着，枯黄的树叶不停地飘落在路面上，而后，被疾驰而过的车轮卷起、粉碎。

货车驾驶室里，肖望沉默地坐着。鼻子里渐渐嗅到咸腥的气息。他向右侧望去，在交替掩映的树影中，一座灰白色的长桥若隐若现。

很快，货车驶到桥面上。开到桥中段的时候，货车开始减速，最后，慢慢地停了下来。

肖望跳下货车，站在空无一人的桥上，向左右望望。视线所及之处，都是一片黑暗。肖望敲敲车门。

货车又发动起来，在桥面上转过方向，调整位置，最后，车尾顶在长桥的栏杆上。

深夜的大海不像白天那样沉静，幽蓝的海水此刻变得漆黑一团，不怀好意地翻涌着。在看不到边际的黑暗中，肖望的头发被海风吹起，耳边是刷刷的声音，那是海浪在贪婪地舔舐着桥墩。这片海，仿佛一只硕大无朋的巨兽。

车厢的后门打开，一块木板伸出，搭在桥栏上。很快，车厢里有了动静。某个沉重的东西正在里面缓缓滚出，最后落在木板上，越过桥栏，扑通一声掉进了黑色大海中。

肖望向桥下望去，看见几团白色的浪花正重新融入那浓黑如墨的海水中。没有想象中的波澜，刚刚吞噬了那么一大坨钢锭的大海依旧不动声色，冷冷地仰视着这座桥、这辆车、这些人。

肖望离开桥栏，向正在缓缓掉头的货车走去，刚迈出几步，衣袋里的手机就响了。

“丰羽茶室”312包间里，梁四海定定地看着玻璃茶壶里上下翻转的龙井茶叶，不停地吸着烟。

谢闯昨天打电话来，却只字未提上次动手的事情，而是询问他是否有兴趣带着人过来。其实，连吃了两次亏之后，梁四海元气大损。自己的地盘，也被“四大家族”陆续蚕食得差不多了。梁四海甚至动了转入正行的念头。谢闯的电话让他的心思有些活动——也许，背靠谢闯这棵大树，还有一丝转机？

正想着，包间的门被推开了。梁四海下意识地站起来，脸上刚露出笑

容，就变成了惊讶的表情。

走进来的，是肖望。

“兄弟，”梁四海一边伸出手去，一边向肖望身后看去，“怎么……是你来了？”

“是啊。”肖望看到包间里只有梁四海一个人，也很奇怪，“浩青哥还没到么？”

“呵呵，没事。”梁四海招呼肖望坐下，“你来也挺好。跟你更熟一些，谈起来更方便。”

说罢，梁四海起身给肖望倒了一杯茶。肖望一边谦让，一边摸出手机拨通了赵浩青的号码。片刻，听筒里传来冷冰冰的女声：“您所拨打的电话已关机。”

肖望挂断电话，皱起了眉头。梁四海注意到他的表情，问道：“浩青哥怎么说？”

“没事。”肖望耸耸肩膀，“也许他就快到了。”

“肖望，咱们也算熟人了，我不妨开门见山。”梁四海的表情恳切，“谢闯提出要我带人过去，我不知道他是什么意思。而且，我最近听说，‘四大家族’要合并？”

“详细情况我也不知道。”肖望略沉吟了一下，“不过，看起来是有这个趋势。”

“嗯，我感觉得到。”梁四海点点头，“谢闯约我出来谈，却安排在陈庆刚的地盘上，估计他们俩已经合作了。”

时至下午4点，“丰羽茶室”的大门却已经悄然关闭。一个服务员在门外竖起“闭店”的牌子，回身锁死了大门。

路边停着一辆商务车。茶色玻璃后面，一架望远镜正对着茶室所在的三层小楼。霓虹招牌已经熄灭，几个服务员正忙着关闭窗户，拉紧窗帘。

望远镜放下，在它后面，是邢至森铁青的脸。

包间内。梁四海起身给肖望的茶杯里续水。

“我想问问，合并之后，我是把现有的地盘交给谢闯，然后重新分配，”梁四海看着肖望，“还是保留现有的地盘，按月给谢闯交钱？”

“这个我不清楚，也不是我这个层次该知道的。”肖望摇摇头，“还是等浩青哥来了……”

忽然，肖望的手机响起来。他看了一眼，立刻接听。

“喂，闯哥。”

“你到了么？”

“到了，我和梁四海在一起。”

“他一个人？”

“对。”

“桌面下用胶布粘着一把枪，干掉他。”

“嗯？”肖望睁大了眼睛，“闯哥？”

“马上。”

说罢，谢闯就挂断了电话。

肖望愣了几秒钟，把手机揣回衣袋，重新坐到桌子旁。梁四海看看他，问道：“怎么了？闯哥怎么说？”

“哦，没事。”肖望勉强笑笑，“浩青哥那边有点事，稍晚点到。”

“嗯，那就等等吧。”梁四海拍拍手上的瓜子皮，“饿不饿？要不先叫点东西吃？”

“不用了。”肖望拿出烟，刚抽出一支，突然手一松，烟掉在了地上。肖望俯身去捡烟，迅速看了一眼桌底。

一支手枪被胶布粘在桌底。

肖望咬了咬牙，刚刚抬起头，就感到脖子上传来一阵冰凉，随即，就是一阵刺痛。

面前多了两条腿，肖望慢慢地抬起头，看见梁四海已是一脸凶相，手里的匕首正抵在自己的脖子上。

“谢闯想干掉我，对吧？”梁四海揪住肖望的衣领，手上稍稍用力，“为什么？我又没碍他的事儿！”

“对。”肖望感到已经有血顺着脖子淌下来，“我不知道为什么！”

“给谢闯打电话！”梁四海的表情越加凶狠，“马上！快点！”

肖望还来不及回话，就听到包间门的玻璃窗哗啦一声碎掉，紧接着，一支乌黑发亮的霰弹枪口伸了进来。

“操！”梁四海怒骂一声，推开肖望，一把掀翻桌子，矮身躲在桌面后。肖望无处可躲，情急之下，也挤了过去。

几乎是同时，枪声响起。

几十颗弹丸打进室内。一时间，木质桌面上出现了密密麻麻的弹洞，木屑四溅，杯盘粉碎，沙发上的羽绒靠垫被打裂，室内一片狼藉。

连放数枪后，走廊里暂时恢复了平静。

弹雨之下，两人只能紧紧地靠在一起。听到枪声停止，一直双手抱头的肖望放下手臂，立刻发现那支手枪就在眼前。刚伸出手去，就被梁四海伸过来的匕首逼退。梁四海撕下胶带，把枪握在手里，另一只手仍然用匕首抵住肖望，从桌面后探出头去，刚露出半个脑袋，枪声又起，十几颗弹丸打在他身后的墙壁上。

梁四海缩回脑袋，不停地喘着粗气。

“我靠，还没死？”王宝的声音从门外传来，“你们俩的命还挺大啊。”

“王宝？”梁四海的眼睛瞪大了，“你他妈讲不讲信用？我赔了钱，也道了歉，你他妈还想怎么样？”

“哈哈，梁四海，不是我要干你。”王宝得意地笑着，“是老衣——吞了他的货，你以为‘四大家族’是好惹的？”

“货？什么货？”梁四海又惊又怒，“我没有！”

肖望的脑子一片混乱。那批货并不是被梁四海劫走，谢闯栽赃给梁四海，并出手杀他，显然是为了拉拢衣洪达。

可是，王宝为什么会出现在这里？而且，从王宝刚才的举动来看，他的目标显然不只是梁四海一个人！

正想着，梁四海却一把抓住他的头发，把他提了起来。

“王宝，谢闯的人在我手里，你别乱来！”梁四海把枪顶在肖望的头上，“这里面肯定有误会，我要当面向谢闯问个清楚！”

走廊里传来踩踏碎玻璃的声音，王宝出现在门口，手里拎着一支霰弹枪，身后是两个提着手枪的男子。

“开枪吧，还省得我动手了。”王宝叼着烟，脸上的肌肉因兴奋而抽搐着，“反正你们两个我都要弄死。”

“宝爷，我们的恩怨可以再说。”肖望死死地盯着王宝手里的霰弹枪，“我是闯哥的人，你杀了我……”

“少他妈演戏了，你他妈跟梁四海是一伙的。”王宝慢慢抬起枪口，“闯王告诉我，一分钟内听不到枪响就进来把你们都干死。”

肖望还要分辩，就听见梁四海在他耳边低声说道：“窗户。”

几乎是同时，肖望感到自己头发上的力道一松，他来不及多想，立刻弯腰捡起手边的一把椅子，朝窗户扔了过去。

随着哗啦啦一阵脆响，木质雕花玻璃窗被砸开。

梁四海手里的枪随即对准王宝。枪响。空仓挂机。

只有一颗子弹！

王宝本能地一躲，手里的霰弹枪失去了准头，十几颗弹丸都打在墙上。

梁四海还在徒劳地扣动着扳机，肖望已经捞起地上的破茶壶扔了过去，而后，拉了梁四海一把，转身向窗口扑去。

转眼间，两个人已经先后从破裂的窗户中跳了出去。

王宝骂了一声，冲到窗口向下望去。楼下是一个自行车棚，棚顶已经被砸出一个大洞，灰尘弥漫，看不到跳下去的人是死是活。

王宝拉动霰弹枪的护木，向那个大洞里连连射击，另外两个手下也把枪里的子弹一股脑儿地打过去。这时，路边一辆商务车的车门突然拉开，几个人从车里冲出，边向茶楼跑来，边从腰里摸枪。

“妈的！有警察。”王宝急忙收回枪，“快，从后门撤！”

墙壁上悬挂的巨大液晶电视里正在播放足球赛。谢闯半躺在沙发上，手捧着一杯香槟酒，漫不经心地观看着。

赵浩青匆匆地走进来，弯腰附在谢闯耳边说道：“事情办完了。可是……”

“可是什么？”谢闯抬起头来，皱起眉头看着赵浩青。

“办得不利索，后来把警察引来了。”赵浩青低声说道，“不过，我打探到的消息是：两个都死了。”

“王宝呢？”

“我尽快安排他出去躲躲。”赵浩青犹豫了一下，“闯哥，肖望……真的是内鬼么？”

“他是不是内鬼不重要。”谢闯仰头喝干杯子里的酒，“只有让老衣相信我帮他出了这口气，他才会死心塌地跟我合作。”

他看看赵浩青：“怎么，你心里不痛快？”

“没有。”赵浩青急忙说道，“如果肖望出了问题，我也有监管不力的责任。”

“跟你没关系。”谢闯拍拍赵浩青的手臂，“通知他们，过几天开会。”

师大体育场。深夜。

邢至森独自坐在看台上，一支接一支地吸烟，不停地向四周张望着。突然，衣袋里的手机震动起来。

“喂？北郊……杨二堡村……苹果树……11点半……知道了。”

邢至森挂断电话，又收好记事本，扭头看看仍然空无一人的操场。最后，他咬咬牙，扔掉烟头，起身离开。

走出体育场，邢至森穿过一排单杠和秋千，来到停放在路边的一辆黑色捷达车旁。上车，发动，邢至森却没有踩下油门，而是点燃了一支烟，说道：“出来吧。”

后座上突然坐起一个人。

邢至森吸了一口烟，从后视镜看着他。

“梁四海在哪里？”

“邢局，”戴着棒球帽的肖望慢慢地抬头，露出满脸伤痕，“你是不是应该先问问我怎么样了？”

看到他的样子，邢至森一怔，随即垂下眼皮，吸了半支烟之后，低声说道：“辛苦了。”

“你知道我当时在茶楼，对吧？”

邢至森呼出一口气：“对。”

“那你为什么不上来救我？”肖望激动起来，“我差点就死在那里！”

“我不知道王宝要杀你！”邢至森低声吼道，“我以为他只是要干掉梁四海！”

肖望骂了一句，重重地靠向后座，胸脯剧烈地起伏着。

“我也很担心你，一直在找你。”

肖望“哼”了一声，没回话。

邢至森看看他，抿抿嘴，又问道：“梁四海呢？”

“不知道。”良久，肖望才有所回应，“当时分头跑了。”

“你为什么不跟着他？”

“当时差点连命都丢了，领导！”肖望瞪起眼睛吼道，“你当我是什么，兰博？”

“你是警察，要随时做好牺牲的准备！”邢至森板起脸，“入警的时候没学过？”

“死可以！但我不能稀里糊涂地去死！”肖望扑到前座，“你必须告诉我，谢闯为什么要杀梁四海，为什么要杀我！”

“不该知道的，就别问！”邢至森目视前方，“你暂时别出来，我给你安排个地方。”

“你不说我也知道。”肖望回到后座上，望着窗外漆黑一片的校园，慢慢说道，“你劫了老衣的货，然后放出消息说是梁四海干的。但你的目标应该不是梁四海那么小的帮派，对吧？”

邢至森沉默良久，最后吐出一个字：“对。”

“谢闯干掉梁四海是为了拉拢老衣，”肖望回过头来，“那他为什么要干掉我？”

“因为你自己。”邢至森冷冷地说道，“如果你不帮梁泽昊打王宝，谢闯不会认为你是梁四海的人。”

“这对你来讲是机会吧？”肖望若有所思地看着后视镜里的邢至森，“王宝和梁四海有了过节，干他的时候，王宝肯定很主动——你那天是想去抓王宝，对吧？”

“对。”邢至森轻叹口气，“现行犯。拿下他，王革那边就问题不大。但是我真的没想到他也想杀你。”

肖望没有在意这个，而是想到了另一件事。

“除了我……你还有别的卧底，对吧？否则你不可能知道这么多。”

“这个你用不着知道！”邢至森打断他，“我们准备抓王宝，如果你有梁四海的消息，一定要通知我——他是重要的证人。”

肖望沉默了一会儿，低声问道：“梁四海的人呢？谢闯不可能只对他本人下手。”

“梁四海去茶楼那天，‘四大家族’突袭了他的地盘，梁四海的手下基本被打散了。”邢至森撇撇嘴，“我知道你想问什么——梁泽昊带着裴岚去韩国玩了，恰好躲过一劫。”

肖望没说话，扭头看着窗外。

“我给你找个地方躲一躲。”邢至森拿出一个信封，甩到后座上，“尽量别露面。”

“躲到什么时候？”

“恐怕得一段时间。”邢至森低声说，“扳倒谢闯和老衣，你就能恢复身份了。”

“要多久？”肖望追问道。

“这个我也不能确定。”邢至森沉吟了一下，“总之你自己小心……”

“那我就像老鼠一样躲着？”肖望终于按捺不住，“等到猴年马月？”

“不管你的身份有没有暴露，你现在都不能出来！”邢至森的语气坚决，“你不能再回谢闯那边，和暴露也他妈没什么分别了！”

“所以我没有利用价值了，是吧？”肖望摘下帽子摔在座位上，“可以一脚踢开了，是吧？”

邢至森在后视镜里盯着肖望看了几秒钟，突然锁上车门，踩下油门。

“戴上帽子，坐低点！”邢至森手握方向盘，目视前方，“这件事了结之前，你给我老老实实地待着！”

肖望乖乖地照做。此刻，他不想争辩。

因为他已经知道邢至森要做什么了。

郊区一栋尚未竣工的楼房里，几个人围坐在11楼的一个房间里，沉默地吃着盒饭。梁四海坐在角落里吸烟，面前的盒饭已经凉透，却丝毫未动。

夜色渐深，寒风又起。梁四海看看身边的几个人，个个抱着肩膀，冻得哆哆嗦嗦。他扔掉烟头，挥手叫来一个手下。

“去找点树枝什么的，生堆火，大家暖和暖和。”

那个手下的脸上还带着尚未消退的瘀痕，点点头，瘸着腿离去。

梁四海翻出手机，再次拨打梁泽昊的号码，还是关机。他想了想，编写了一条短信发送过去。

C市有变，不要出机场，立刻离开。随后联系。

梁四海合上手机，心中暗暗祈祷梁泽昊能在从韩国回来后马上打开手机。

他站起身，看看其他几栋同样一片漆黑的楼房。再往远看，就是C市的市区。此刻，市区里依旧灯火通明，热闹非凡。梁四海默默地注视着那一片灯火，似乎在分辨那些熟悉的街道和建筑。

现在的局势已经很明朗，翻身再无可能，唯一的活路就是离开这里，越远越好。身上的银行卡里还有十几万块钱，自己留一点，其余分给这几个不离不弃的兄弟做遣散费。然后，带着儿子离开C市，至于以后……慢慢再打算吧。

只是……

梁四海突然暴起，一拳打在粗糙的水泥墙壁上。

他不甘心，太不甘心。混了十几年，好不容易打下的地盘，就这样因为一批莫名其妙的货，统统都丢掉了。昨天还是威风八面的大哥，一夜之间就变成东躲西藏的倒霉蛋。

只是，不甘心又怎样？

梁四海看看已经流血的拳头，只感到那股恶气在胸中翻涌，几乎要鼓破胸腔了。

一间街边随处可见的小旅店里，水泥走廊坑坑洼洼。年轻人不知道那沙沙声是来自手里的塑料袋，还是脚底的沙粒。走到尽头，他看见上午送来的盒饭还在门口。年轻人皱皱眉头，抬手轻敲房门。门上的猫眼暗了一下之后，房门拉开一道缝，随即，一股浓重的烟雾涌了出来。

年轻人看看门上挂着的防盗链，简单地说了句“吃饭”。

“放那儿吧。”室内的人躲在门后，“烟。”

年轻人一愣，随即掏出衣袋里的烟盒塞了进去。一只手迅速伸出，拿过烟盒后就砰的一声关死了房门。

年轻人摇摇头，拎起那盒冷饭，转身离去。

肖望坐在那张咯吱作响的单人床上，面向窗户，点燃了一支烟。

他已经坐了一整天，不吃不喝，只是在不停地吸烟。他不知道现在外界的情况如何，也不知道自己要在这里躲多久。唯一肯定的就是，只要“四大家族”不垮台，自己就得一直在这里躲下去。

他多想冲出去，面对谢闯或者王宝，痛痛快快地干一场！

然而，每当他奔到门口，抬手去拉防盗链的时候，另一个声音就会在心底响起：

你，现在是一只老鼠。

一只既不能公开身份，又被黑帮当作内鬼的老鼠。

这声音让他瞬间委顿下来。

当肖望又一次颓然坐在床边的时候，天色已经渐渐黑下来。窗外，各色灯火依次亮起。忙碌了一天的城市开始呈现出平静又温馨的景象。还残留着一丝暗橘色的天边，一架通体闪烁的飞机正缓缓掠过。

她在干什么？

肖望被这个突然闪现在脑海中的问题吓了一跳。随即他就意识到，当梁泽昊和裴岚走出机场，迎接他们的，不是早已熟悉的江湖秩序，而是斩草除根的杀戮。

他坐不住了。

从肖望洞悉邢至森的全盘计划的那一刻起，他就产生了深深的无力感。同时，他也意识到，自己只是这盘棋中一个微不足道的小卒。

卧底数年，肖望所提供的情报，仅仅是一些旁支脉络而已。所谓小卒，就是该挺进的时候义无反顾，该牺牲的时候毫不留情。

难道那些提心吊胆、夜不能寐的日子的代价，就是做一只见不得光的老鼠么？

突然，门外传来一阵窸窸窣窣的声音。肖望一惊，随手操起桌上的烟灰缸，迅速闪到门旁，凑近猫眼向外望去。

光线昏暗的走廊里，半个人影都没有。

肖望心下疑惑，可是，那声音分明还在。

他想了想，轻轻地扭开门锁，把房门打开一条缝，向外望去。

一瞥之下，肖望不由得失笑。

一只硕大的老鼠正趴在门口的饭盒上，从一个撕开的小口里，埋头扒食里面的饭菜。

肖望不心疼那盒饭，只是觉得那声音令人生厌，就抬脚去驱赶它。

老鼠却不怕，依旧趴在饭盒上，冲他露出满是油腻的尖牙。

肖望有些哭笑不得，妈的，什么世道，老鼠都不怕人了！

突然，肖望脸上的笑容开始收敛。他静静地看着这只老鼠，看它旁若无人地享用着晚餐。

是啊，谁说老鼠就得东躲西藏？谁说老鼠就不能反咬一口呢？

肖望关好房门，转身走到窗前，摸出手机，按下一串号码。

电话很久才接通，对方却不说话，沉默了几秒钟之后，才传来梁四海犹疑的声音。

“肖望？”

“梁四海，我要告诉你一件事。”肖望深吸了一口气，“我是警察。”

夜半时分，杨二堡村的村口悄然集结了几辆警车。凌晨1点28分，在村主任的带领下，十几名全副武装的特警沿着村中的小路，悄悄地围向村西侧的一个小院。

郑霖身着防弹衣，提着手枪，拿起对讲机低声说道：“邢局，抓捕行动已经准备就绪。”

“行动，要生擒王宝。”

郑霖挥挥手，一名特警上前剪断院门上的铁锁。随即，特警们悄无声息地冲进院子，绕过院子中央的一棵苹果树，聚拢在一间瓦房前。两名特警将79微型冲锋枪对准漆黑一片的窗户。两名特警靠在门的两侧，另外一名特警手持破门锤，对准门锁的位置，先尝试着推了一下房门……

门居然开了！

郑霖一愣，随即回过神来，挥手喝道：“行动！”

守在门两侧的特警立刻突入，穿过门厅，直扑里间。身后的特警鱼贯而入，随着一声声“安全”，现场已经被完全控制。

郑霖快步走进里间，才发现这现场压根儿就不用控制。

在狭窄的里间，床上除了凌乱的被褥外，空空如也。

5分钟后，正在市局布置讯问任务的邢至森接到了郑霖的电话。对方刚刚开口，邢至森就失声叫道：“什么？！”

“确实没有人，房前屋后我都搜遍了。”郑霖的声音很急切，“不过，在现场有打斗痕迹，血迹还没干。”

“你马上在村子附近搜一搜。”邢至森的脸色很难看，“有情况立刻向我汇报。”

翌日，俪宫娱乐城门口挂起了停业装修的牌子。不过，门前却停着几辆豪车，两个黑衣黑裤的男子把守在门前，一副高度戒备的样子。

一辆冷柜车开过来，缓缓停在门前。车厢门打开，几个穿着工作服的工人跳下来，扛着白色冷藏箱向娱乐城的门口走去。

门口的男子拦住走在前面的工人，问道：“是什么？”

“龙虾、鲍鱼，”工人扛着冷藏箱，“还有帝王蟹，昨天订的。”

男子挥挥手放行。工人们从门口鱼贯而入，被服务员引向后厨。走到一个拐角的时候，队尾的两个工人突然一转身，钻进了卫生间。

肖望和梁四海七手八脚地脱下身上的工作服，露出里面的黑色西装。随即，梁四海把衣服塞进垃圾桶，肖望则打开一个白色冷藏箱，从中取出两支手枪。一支递给梁四海，另一支掖进了自己的腰间。

整理停当，肖望抱起另一只冷藏箱，起身向门口走去，刚要拉门，就听到梁四海在身后说道：“肖望。”

“嗯？”肖望下意识地回头，看见梁四海一脸凝重地看着自己。

“待会儿打起来……”梁四海看上去有些紧张，“自己小心点。”

“知道了。”肖望垂下眼皮，伸手去拉门。

他把头探出去，想看看走廊里是否有人。然而，刚刚转动一下脖子，肖望的身体就僵住了。

在他的眼前，是一只黑洞洞的枪口。

会议室里，谢闯、陈庆刚、衣洪达和王革围坐在一张长条桌前。谢闯正在念着手里的一份协议。

“……如任何一方的首脑亡故，或者因故不宜再承担首脑职责，比方说，被抓或者跑路，”谢闯看看其他三人，“则由本方推举继位人，本协议继续有效……”

衣洪达骂了一句，向后靠坐在沙发上。

“怎么，老衣？”谢闯看看衣洪达，“你对这一条有想法？”

“想法倒是没有。”衣洪达撇撇嘴，“就是听着晦气。”

“既然要长期合作，自然要把方方面面都考虑到——我觉得还可以。”陈庆刚剥了颗松子扔进嘴里，“闯王你继续念。”

20分钟后，这份长长的合作协议终于念完。口干舌燥的谢闯端起面前的茶杯一饮而尽，然后，边抹嘴边询问其他三人：“怎么样，各位兄弟，有什么想法？”

王革想了想，开口说道：“既然是深度合作，我觉得应该加上一条：守望相助——任何一方出事，不管是不是官非，其余三方都得伸把手。”

“我同意。”衣洪达也开口了，“再有，总首脑一当就是五年，有点太长了，三年吧。”

“组织上合作是一方面，”陈庆刚看看其余三人，“生意上，大家应该互相让让步，别老是把着自己那一块不放。”

“哈哈，我知道。庆刚，你一直想搞地产吧？”谢闯笑起来，“这都好商量。”

他上身前倾，把手掌按在协议书上。

“只要我们能在一起合作，”谢闯扫视着其余三人，目光炯炯，“C

市就是我们的！”

“他妈的，简直是胡来！”邢至森一手举着电话，另一只手把茶杯狠狠地摔在地上。

稍稍平静一下之后，邢至森仔细聆听着对方的话，犹豫了几秒钟，最后点头：“按你说的办吧。”紧接着，他又加了一句：“如果局势不利，你马上撤——尽量把那小子带出来。”

刚刚挂断电话，郑霖就推门进来，一眼就看到了地上粉碎的茶杯。

“我听到声音……”郑霖看看邢至森，“你这是怎么了？”

“马上让特警支队集合，15分钟后出发。”邢至森顿了一下，“叫救护车。”

大哥们在开会，各自带来的手下就聚在大厅里打牌，吆五喝六地，十分热闹。虽说大哥们在谈合作，底下的小弟们却一时习惯不了，一张牌桌前基本都是自己人。

衣洪达带来的人最多，占了好几张牌桌，也最热闹。一个身穿灰西装的男子懊恼地推开眼前的麻将牌，伸手去衣袋里拿钱。

“小武，赢了多少？”

“赢个屁啊。”叫小武的男子回头，见是赵浩青，慌忙站起来，“浩青哥……”

“继续继续。”赵浩青拎着一个看起来颇为沉重的箱子，笑容可掬地拍拍小武的肩膀，“兄弟们先玩着，马上就开饭。有澳洲龙虾和帝王蟹——敞开了吃！”

小武乐了，见赵浩青还站着，忙不迭地去接赵浩青手里的箱子：“浩青哥，这是啥啊？”

“酒。”赵浩青一闪，把箱子藏在身后，“你继续玩吧。”

“我帮你拎。”小武急于讨好赵浩青，又伸手去拎箱子，“送到后厨么？”

“不用不用。”赵浩青连连躲闪。正撕扯间，箱子哗啦一声打开了。

十几只用油纸包好的手枪掉了出来。

桌前的人噌地一下都站起身来。

刹那间，大厅里鸦雀无声。

会议室内，一场讨论刚刚结束。谢闯看上去很满意。他低头看看手表，笑着说道：“时候也不早了，既然大家基本同意合作协议，细节问题就慢慢再落实吧。”

说罢，谢闯环视其余三人，表情渐渐严肃起来：“那么，咱们就来选举第一任总首脑吧。”

其余三人互相看看，最后，陈庆刚开口了。

“我看也甭选了。”陈庆刚扭头望向谢闯，“这里闯王实力最强，也是你提出合作的——你来当吧。”

“那不好吧。”谢闯嘴上推托，却意味深长地目光投向衣洪达和王革，“还是投票吧。”

“我没什么意见。”王革懒洋洋地靠在沙发背上，“反正大家轮流坐庄，早晚会轮到我头上。”

于是，所有人都把视线集中在衣洪达身上。

衣洪达撇撇嘴，刚要开口，衣袋里的手机就响了。他做了个抱歉的手势，接通了电话。

“喂，小武？”

“大哥，你说话方便吗？”小武的声音很急。

“方便。”衣洪达有些莫名其妙，“你说吧，什么事？”

“大哥，赵浩青手里有一批枪。”小武的声音骤然降低，似乎在躲避什么，“我觉得是咱们上次被劫走的货。”

“哦？”衣洪达皱起眉头，坐直了身体，“你没看错？”

“我也说不准。”小武停顿了一下，低声说，“不过，肯定是老毛子的马卡洛夫手枪。”

“我知道了。”衣洪达的眼球迅速转动着，“去看看，别轻举妄动。”

见衣洪达挂断电话，陈庆刚有些不耐烦地说道：“老衣，等你的意见呢——就让闯王当了，行不行？”

衣洪达没回话，而是低着头思考着什么。片刻，他抬起头，脸上的表情似笑非笑。

“闯王，你说是梁四海劫了我的货……”衣洪达盯着谢闯，“那我的货呢？”

谢闯一怔，随即就恢复了常态：“还没找到，怎么了？”

“如果梁四海劫了我的货，”衣洪达的语速很慢，却字字透着寒意，“我们扫他的地盘的时候，怎么没见他的人拿枪反抗？”

“老衣！”陈庆刚皱起眉头，“你怎么想起问这个了？”

“你闭嘴！”衣洪达猛地伸出一只手，直指陈庆刚，“我没问你！”

陈庆刚正要发作，谢闯挥手阻止了他，转头望着衣洪达。

“钱已经追回来了，货找不找回来，有什么要紧？”谢闯的脸色很不好看，“也许梁四海把货转手卖掉了。”

“有枪就有钱！”衣洪达的声音高起来，“梁四海会不明白这个道理？”

“老衣你到底想干什么？”谢闯不耐烦了，“你不同意我当大哥就直说！”

“我现在不关心这个！”衣洪达突然嘿嘿地笑了笑，“我的人发现那批货在你手里。”

刹那间，会议室里一片死寂。

谢闯怔怔地看着衣洪达，片刻，他才回过神来，结结巴巴地反问道：“老衣，你他妈说什么呢？”

不等衣洪达说话，王革慢悠悠地开口了：“闯王，老衣说的是真的？”

“什么他妈真的假的！”谢闯彻底火了，“谁看见的？让他上来对质！”

话音未落，会议室的门就被推开了，两个人走了进来。

看到他们，室内四人统统瞪大了眼睛。

因为这是绝无可能出现在这里的人。

肖望和梁四海一前一后，径直走向谢闯，把一个白色保温箱放在茶几上。随即，梁四海向谢闯微微颔首。

“大哥，你交代的事情已经办妥了。”

说罢，两人就并肩站在谢闯旁边，盯着其余三人。

谢闯看着他们，脑海中一片混乱。

他们为什么叫我大哥？什么事情办妥了？白色保温箱里是什么？

最重要的是，他们不是已经死了吗？

好几个问号接连涌入谢闯的脑海中，让他一时间失去了思考的能力。等他回过神来的时候，衣洪达已经拿起了那个保温箱。

不祥的预感瞬间就涌上他的心头，谢闯本能地去拉衣洪达，却被他抢先一步掀开了保温箱的盒盖。

衣洪达的眼睛瞬间就瞪大了，随即惊叫一声，把保温箱扔在了茶几上。

一颗人头从保温箱里滚出来，在茶几上打了个转，恰好停在王革面前。

王革也受惊不小，急忙向后靠去。然而，这个动作他只做了一半，目光就再也无法离开那张肿胀不堪的脸。

“王宝？！”

一瞬间，所有人都看清了，那散发着恶臭，已经开始腐烂的恐怖球体，正是王宝的人头。

王革的视线随即投向目瞪口呆的谢闯。

“谢闯！”王革腾地一下站起来，从腰里拔出一把手枪，直指谢闯的额头，“我干你娘！”

“有事好商量！”陈庆刚急忙打圆场，“这里面肯定有误会！”

“误你妈个会！”王革已经彻底失去理智，又把枪口指向陈庆刚，“王宝两次出事，都是在你的地盘！”

王革话音未落，衣洪达也拔出枪来，直指谢闯。

“你他妈口口声声说要合作，其实是想吞了我们！”衣洪达目眦欲裂，又转向陈庆刚，“怪不得你那么支持谢闯——你们他妈是一伙的！”

“不关我的事！”陈庆刚的手已经摸向腰间，“你们他妈的都疯了！”

一时间，会议室内的气氛紧张到极致！

“都冷静点！”谢闯大吼一声，猛地转头面向肖望和梁四海。

“你们……你们……”谢闯脸上的肌肉剧烈地抽搐着，双眼爆射出狂怒的光芒。突然，他跳起来，伸手去抓梁四海的衣领。

就在此时，楼下传来一声枪响，紧接着，乒乒乓乓的枪声就在俪宫娱乐城里响起。

枪声让王革全身一震，怒骂了一句，就对谢闯扣动了扳机。

谢闯被击倒在沙发上，挣扎着拔枪还击。衣洪达同时开枪，陈庆刚肩部中弹，也拔出枪来向衣洪达和王革乱射。

枪声大作。

混战只持续了几秒钟，之后，会议室里硝烟弥漫，一片死寂。

肖望和梁四海抱头蹲在沙发后面，等枪声停止后，才小心翼翼地探出头来。

王革仰面躺在对面的沙发上，胸前的几个弹孔里还在汩汩地流着鲜血。衣洪达躺在他的身边，也已经气绝身亡。

陈庆刚的头部中弹，整个脑袋像被打碎的西瓜。他俯卧在地板上，左腿还在微微地抽搐着。

梁四海慢慢地站起身来，被眼前的一幕吓呆了。等他回过神来，急忙在身上疯狂地摸索着。当他意识到自己安然无恙的时候，双腿一下子就软了。

肖望也是满头冷汗，脸色惨白。他拉起梁四海，急切地说道："走，快走！"

刚迈出一步，肖望就感到自己的衣袖被人死死地拽住。他吓得魂飞魄散，慌忙扭头看去，只见仰躺在沙发上的谢闯双眼圆睁，直勾勾地盯着他。

"你……你们……"谢闯歪着头，刚一开口，就有大股鲜血从嘴里涌出。紧接着，谢闯的身体剧烈抽搐起来。随即，他眼中的光芒骤然黯淡，抓住肖望的右手颓然滑落。

肖望咬咬牙，拽着梁四海疾步走出会议室。

楼下大厅内已经是人间地狱。

到处是撞翻的桌椅、打碎的水杯、打空的手枪和弹壳。二十几个人躺卧在地面上，大多数已经悄无声息，只有几个垂死的男子还在痛苦地呻吟着。

血。到处是血。就连空气中也弥漫着浓重的甜腥味。

肖望和梁四海对视了一下，彼此都在对方的眼中看到了极大的恐惧。他们扶着栏杆，战战兢兢地走下楼梯。刚下了几阶，就看到一个身着黑色西装的男子俯卧在台阶上。

肖望的眼睛一下子瞪大了，他甩开梁四海，几步跳过去，把男子翻转过来。

赵浩青的双眼微闭，白衬衫的胸前已经被血浸透，几个还在冒血的弹孔触目惊心。

肖望连连摇晃着他的身体："浩青哥！赵浩青！"

赵浩青突然咳嗽了几声，口中喷出几滴鲜血，眼睛慢慢睁开。他的视线茫然地在肖望脸上来回游移，最后聚焦于肖望的双眼。

"谢……谢闯……"

肖望知道他想问什么。

"死了。"肖望凝视着那张越来越苍白的脸，"四个人，都死了。"

赵浩青艰难地笑了笑，目光散漫开来。

"没想到……'四大家族'，就这样……"

突然，一只手伸过来，紧紧地卡在赵浩青的脖子上。肖望一惊，抬头看到了梁四海铁青的脸。

"你干什么？"肖望急了，伸手去掰梁四海的手。

"他必须死。"梁四海的手竟如铁钳一般无法撼动，"这样，就没有人知道这里究竟发生了什么。"

梁四海转过头，死死地盯着肖望，一字一顿地说道："你，和我，都能做回原来的自己！"

肖望怔怔地看着梁四海，突然松开了自己的手。

赵浩青的脸抽搐着，已经变成了青紫色，随着梁四海越来越用力的卡压，他的双眼慢慢闭合，嘴边不时有大股的血沫涌出。最后一丝求生的意志让他抬起手，软绵绵地在梁四海身上抓挠着。

终于，那只手无力地垂下。赵浩青歪过头，再无气息。

肖望呆呆地看着赵浩青，脑海中似乎一片空白，又仿佛被什么东西塞得满满的。等他听到由远及近的警笛声时，才发现身边的梁四海已经不见踪影。

三天后，C市公安局宣布，经过详细调查及周密部署，警方一举打掉了长期盘踞于C市的谢闯、陈庆刚、衣洪达及王革四个犯罪团伙，共抓捕涉黑成员上百人。一夜之间，“四大家族”全部覆灭。C市市民无不欢欣鼓舞。

C市公安局。

肖望静静地坐在走廊里的长椅上，盯着墙脚出神。忽然，耳畔传来一阵脚步声，肖望扭过头，看见郑霖正大步走过来。

“兄弟，辛苦了。”郑霖在他身边坐下，递过一支烟，脸上是充满歉意的笑容，“当时我不知道你是自己人，所以……”

“没关系，郑支队。”肖望接过烟，冲他笑笑，“我没怪过你。”

郑霖帮他把烟点上：“有什么打算？去我那里吧，我需要几个能干的伙计。”

“听组织安排吧。”肖望吸了一口烟，“我服从分配。”

此时，对面的办公室里走出一个中年人。

郑霖和肖望同时站起：“邢局。”

邢至森点了点头，把视线投向肖望。郑霖识趣地说了句“你们聊”，就快步离开了。

邢至森看了肖望几秒钟，把手里的一个文件袋递过去。

“手续都办好了。”邢至森慢慢地说道，“你先去S市分局。谢闯还有几个手下没到案，怕他们报复你——将来有机会再把你调回来。”

“行。”肖望丢掉烟头，“我尽快去报到。”说罢，他向邢至森点了点头，转身就走。

刚迈出几步，邢至森突然叫住他。

“肖望。”

“是。”肖望向后转，面无表情地看着邢至森，“您还有什么指示？”

邢至森盯着他，神色复杂。

“你应该知道，我有很多话想问你。”

“您说。”

“但是，你未必会对我说实话。”邢至森眯起眼睛，“对么？”

“邢局，我曾经是一个卧底，说谎是一个卧底的基本素质。”肖望忽然笑笑，“我还需要一段时间去适应。”

肖望顿了顿，又说道：“案子已经结了，我们的目的已经达到了——真相，有那么重要么？”

邢至森默默地看着他，良久，吐出几个字：“你好自为之。”

“我会的。我是一个警察。”肖望突然立正，向邢至森敬礼，一字一顿地说道，“我是一个好警察。”

丰羽茶室。

梁四海稳稳地坐在店堂中央的一把椅子上，神色淡定。在他身边，是昂首挺胸的梁泽昊。

梁四海端起一杯茶，吹开茶叶，小口呷着茶水。在他面前，是黑压压的一大群平头男子。梁四海在他们脸上来回扫视着，发现其中有相当一部分人，曾经是“四大家族”的手下。

随着梁泽昊一声令下，平头男子们齐刷刷地向梁四海鞠躬。梁四海纹丝不动地坐着，表情从容。

你死，我活。你垮台，我上位。游戏规则就这么简单。

其实，这个世界是公平的。

深夜。C市公安局。邢至森办公室。

昏暗的室内，唯一的光源是桌上的台灯。邢至森靠在椅子上，默默地吸着烟。在被光线分割的阴影中，邢至森的脸半明半暗，仿佛两张面孔。

吸完最后一支烟，邢至森打开抽屉，取出一个文件夹。

他把文件夹放在桌面上，无声地看着那棕黄色的封面。良久，他仿佛鼓足了勇气一般，翻开第一页。

那是一份加盖着“绝密”印章的个人简历，右上角贴着一张半身彩色照片。赵浩青身着警服，略带腼腆地冲他笑着。

邢至森久久地凝视着那张不变的笑脸，忽然，他捂住眼睛，呜呜地哭起来。

在这个夜晚，在这个时刻，邢至森认为自己有理由悲伤，有理由怀念。他知道这个职业意味着危机，他知道胜利终将付出代价。他知道这次别离不是终点，他知道一切都远没有结束。

邢至森不知道的是，他一生中最后一个对手，已经在黑暗中露出森森的獠牙。

两生花

门外传来抖钥匙的声音，紧接着，门锁发出“咔嗒”的声响。女人没有回头，依旧全神贯注地看着电视。

屏幕上是星巴克咖啡厅的店堂。一个瘦削的男子站在店堂中央，手里是刚刚击发过的92式转轮手枪，枪口还在冒着烟。在他面前，是另一个仰面躺倒的男子。顾客四散奔逃。

在高清摄像头下，瘦削男子的脸清晰可辨。

女主播的语速急促，声音中似乎毫无感情色彩。

“据悉，开枪杀人的男子叫方木，曾就职于省公安厅犯罪心理研究室，至于他的作案动机尚不知晓。目前，警方拒绝就此事做出回应……”

开门进来的男子把手里的蔬菜和鱼放在餐桌上，走到客厅中央，看着电视屏幕。

此时，屏幕上是方木的面部截图。短发，棱角分明的脸颊，黑框眼镜下，是决绝的目光。

“我认识他。”男子突然说道。

女人没有回话，起身走向客厅的角落，抬手打开了电脑。

十几分钟后，这小小的居室里响起锅勺的碰撞声。很快，煎鱼的香味在室内弥漫开来。女人似乎完全没有帮忙的意思，只是坐在电脑前浏览着网页。渐渐地，她的脸色从苍白转为蜡黄，眼睛也半眯起来。同时，左手在太阳穴附近轻轻地按揉着。

男子从厨房里走出来，双手在围裙上擦拭着。

“魏大夫，家里还有黄瓜么？要不要……”

话未说完，男子就疾步向电脑前冲过去，因为他看到女人的身体已经前后摇晃起来。还没等他碰到女人，她就“咕咚”一声仰面摔在了地上。

男子把女人抱起来，横放在沙发上，随即奔到餐桌上的购物袋里翻翻找找。女人尚有意识，抱着头在沙发上痛苦地翻滚着，呻吟声伴随着牙关紧咬的咯吱声，她似乎已经痛彻入骨。

很快，男子拿着一只针筒过来。他抓住女人的胳膊，捋起她的袖子，露出枯瘦的手臂，将针头刺入女人肘窝处的静脉里。女人的额头已经冒出豆大的汗珠，头发也被濡湿，散乱地粘在腮边。随着针筒里的液体一点点注射进体内，女人稍稍安静了一些，随即就瘫软在男子的怀里，粗重地喘息着。

良久，女人的呼吸渐渐平复下来，最后，她蜷着身子，窝在男子怀里睡着了。男子微微摇晃着身体，一只手在她肩膀上轻轻地拍打着，嘴里还哼唱着不成曲调的歌。

这一睡，就睡到夜幕降临，华灯初上。当客厅里已经完全黑下来之后，女人终于醒过来。她睁开眼睛，长长地呼出一口气，慢慢地爬起来。男人活动了一下有些麻木的身体，静静地看着她。

女人坐在沙发边上，扭过头看着窗外，与透进来的光形成剪影般的画面，仿佛还有粗糙的颗粒感。女人的脸微侧，被汗水濡湿的头发半干，面颊皎洁如月光。片刻，她转身面向男子，双眼中尚有一点光。

“我饿了。”

半小时后，迟到的晚饭被端上餐桌。一对男女坐在桌前，沉默地吃饭。男子捏着一小杯白酒，不时啜上一口。女人吃得缓慢且专心，似乎全部注意力都在这些碗碟上。吃过半碗饭之后，女人已经饱腹。然而，她稍歇一会儿后，又顽强地把其余的米饭一点点扒进嘴里。最后，所有的饭菜都被吃得一干二净。男人的脸上露出些许笑容，仿佛自己的努力受到了肯定一般。

吃过饭，女人拿起桌上的烟，默默地吸了半支，然后把碗筷收进厨房。

厨房里狭窄且凌乱，屋角积攒着经年累月未曾擦洗的油泥。女人低着头，在水槽边冲洗碗筷。

“魏大夫。”

女人回过头，看见男人穿戴整齐，站在厨房门口。

“我出去一下。”

女人把洗碗布扔在水槽里，背靠在橱柜上，冷冷地上下打量着他。

“朱志超，如果你现在出去惹事，会死得很惨。”女人的目光如炬，“我帮得了你一次，帮不了第二次。”

“我……就是出去转转。”男人有些慌乱，垂下眼皮，“半小时就回来——需要帮你买点什么？”

“止疼片。”女人面无表情地转过身继续刷碗。男人看了她一会儿，见她没有继续说话的意思，只能悻悻地离去。

收拾停当，女人回到客厅。来回踱了几次之后，女人又点燃一支烟，静静地站在窗边，看着眼前的一片灯火。

这段时间中，女人一直住在这套两居室里。她能看到的，也只有窗外这片楼群。白天，它们或身披阳光，或一片灰暗。只有在万籁俱寂的夜晚，这些冰冷的建筑才恢复些许生机。那一扇扇亮起灯火的窗户，仿佛一只只炫耀的眼睛。

平凡，是多么值得骄傲的事情。

女人掐灭烟，扭头看着电脑显示器上的那张照片。

今天，这段视频和那个警察的模样在网络上铺天盖地。无数人在惊呼“城市之光”终于现身。赞美其强悍者有之，诅咒其暴虐者有之，还有些人，在揣测他何时能落网，以及在失去这缕光之后，C市是否会重堕黑暗。

呵呵。女人笑起来。她可以想象，江亚现在是什么表情。

他失去了一生中唯一爱过的女人，又被剥夺了最珍视的名号——他会变成更危险的野兽。

只是，你……

你让孙普最终灰飞烟灭，你让我的胸中空无一物，你在生死边缘把我从地狱拽回人间，你在墓碑环绕之处宽恕要置你于死地的我……

可是，应该万般皆放下的你——为什么要去挑战那最危险的野兽?

方木，我曾经最痛恨的人。

我知道你要干什么，但是，你一定是疯了。

一小时后，朱志超回家了。他进门的那一刻，魏巍瞟向他的裤裆，随即就扭过头去继续上网。朱志超有些尴尬地挠挠头，从衣袋里掏出一盒芬必得放在茶几上。

夜色渐渐深沉。对面的居民楼上，灯光逐一熄灭。临近午夜的时候，魏巍关掉电脑，回头看看在沙发上已经睡熟的朱志超，起身去了卫生间。一阵细微的水声之后，魏巍用湿漉漉的手拢着头发，走进卧室，咔嗒一声锁死了房门。

几乎是同时，朱志超睁开了眼睛。

他侧躺在沙发上，保持着刚才的姿势，手里还捏着电视遥控器。漆黑一片的客厅里，只有卧室的门缝下透出一道光线。朱志超纹丝不动地盯着那道光线，直到它悄然熄灭。

朱志超的眼前仍然留有闪烁的光斑，他把手伸向自己的下体。

黑暗，以及重重落下的寂静，让每一丝声响都被无限放大。朱志超圆睁着双眼，倾听着卧室里的动静。

床铺的吱呀声，掀动被褥的扑扑声，女人偶尔的叹息和按摩头部时，手指与头发摩擦的沙沙声。

终于，种种声响渐渐平息，女人越来越低缓的呼吸声透过门缝，传到客厅里。

朱志超的呼吸却粗重起来。

他从沙发上慢慢地爬起，蹑手蹑脚地走到茶几旁，拿起外套，从衣袋里掏出一把钥匙。而后，他悄无声息地摸到卧室门前，轻轻地把钥匙插进门锁里。

厚重的窗帘挡住了窗外的月光，好在朱志超已经习惯了眼前的黑暗。他站在门口，能依稀辨清床上静卧的人体。

朱志超静静地看着熟睡的魏巍，竭力平复自己越来越快的心跳。随即，他脱下身上所有的衣物，慢慢地走过去。

掀开被子，一股混合着体香的热气扑面而来。朱志超的呼吸骤然粗重。他看看蜷着身子的魏巍，俯下腰去，小心地拽住她的裤子，慢慢地向下褪去。

突然，朱志超感到一个冰凉的物件顶在了自己的脖子上，随即，一阵刺痛感传遍全身。紧接着，一只脚顶在他的小腹上，猛地踹出。

朱志超四仰八叉地摔倒在地板上。

他手脚并用地爬起，又欲扑上，却被骤然亮起的强光刺得两眼一片模糊，本能地掩面退下。

等他适应了房间里明亮的光线后，发现自己一丝不挂地站在门口。他睁开泪水涟涟的双眼，看到魏巍围着被子，一脸冰冷地缩在床头，手里捏着一把螺丝刀。

“我警告过你，朱志超。”魏巍的声音低沉，却寒意十足，“如果你敢碰我，我会杀了你。”

“你帮帮我，魏大夫。”朱志超的五官扭曲起来，脸上是混合着乞求和焦虑的怪异表情，“我快憋疯了！”

“出去！”魏巍指指门口，“我帮不了你！”

“孙普没有治好我！”朱志超挥舞着双臂，歇斯底里地吼起来，“你又把我变成了这个样子！我怎么办？我怎么办！”

“如果不是我帮你弄来了精神鉴定，你已经被枪毙了！”

“是你让我吃了那玩意儿！”朱志超向魏巍逼近一步，眼球可怕地凸起，“然后我的脑子里就只剩下这个！”

他猛地拍向自己赤裸的下身。

就是这个女人，在那个夏日凭空出现。然后拉着他亲切地交谈，一如那些在J市的日子。后来，他是怎样被她带到那家麻辣烫店里，朱志超已经记不清了。他只记得，在他还在回味唇齿间的热辣鲜香的时候，下体却莫名其妙地膨胀起来。在炎炎烈日下，泉涌般的汗水丝毫不能带走哪怕一丝一毫的欲望。他像一只饿极了的野兽一样，茫然地在酷热如荒漠般的城市里左突右闯。直到他的大脑被兽欲燃至彻底沸腾，直到他在新竹小区里遇到那个出来扔垃圾的女人。

事后想想，那个女人并不漂亮，甚至还带着令人厌恶的体臭。然而，这些都不重要，只要她是一个可供发泄的异性，对于一个脑子里只剩下性欲的公兽而言，就已经足够了。

但是，他还是害怕了。特别是看到女人因为窒息而凸起的双眼之后，他意识到，自己杀了人。

他飞也似的逃走了，带着欲望被满足后的巨大惬意与空虚，以及深深的恐惧。

这份恐惧，既来自于杀人的后果，也来自于对自己居然如此疯狂的震惊。

朱志超知道自己不是一个正常的男人，但他从未想到自己会去强奸一个女人并杀死她。

然而，几天之后，当那诅咒般的焦虑与不可名状的躁动再次涨满他身体的每个角落的时候，朱志超突然想起那碗麻辣烫的诱惑味道。

于是，他再次奔向那条街，那家狭窄肮脏的小店，带着难以遏制的渴望与冲动。

朱志超不知道的是，当他急匆匆地走进“渝都麻辣烫”的时候，魏巍在不远处的角落里摘下墨镜，扬起嘴角，露出神秘莫测的微笑。

他成了这里的常客，也成为在那个全球瞩目的夏天里，让整个C市谈之色变的变态色魔。

那个女人却消失了。

直到朱志超以“痊愈患者”的身份出院，直到那个百无聊赖的夜晚，他带着满身的疲惫和难以消解的躁动，听到墙角传来的轻声呼唤。

朱志超不知道魏巍住在哪里，也不知道她在做些什么，只是察觉到她的虚弱，以及对某件事情近乎病态的狂热。在她断断续续地出现的那些日子里，魏巍总会要求他带她去吃一些廉价却热量丰富的食物，似乎她在平时并没有机会获取更多的营养。然后，就在朱志超去结账或者去卫生间的时候，魏巍会突然消失，只留下一些空空如也的盘子。

在农历大雪那天晚上，魏巍再次凭空出现，带着满身的伤痕和斑斑血迹。她没有对朱志超的追问做任何回应，简单地清洗和包扎了伤口之后，她就在床上昏睡了整整两天。

从此，魏巍在朱志超的家里住了下来。

“我帮不了你！”魏巍始终握着那把螺丝刀，警惕地盯着朱志超，“你可以自慰，但不要在我面前！”

朱志超抬起头，泪水充盈的双眼露出混合着屈辱与怨毒的神色。他迈动双脚，慢慢逼近魏巍。

“魏大夫，你可以杀了我。”朱志超死死地盯着魏巍，“但我无论如何也要做，你不知道那种滋味——比死还要难受！”

魏巍举起螺丝刀，竭力向后缩着身体。

“你别过来！”

话音未落，朱志超已经扑过来，一把拽掉魏巍身上的被子。魏巍尖叫一声，本能地抬脚去踢，却被朱志超抓住脚腕，用力一拉。随着一声闷响，魏巍仰面摔倒在床上。

还没等她爬起来，朱志超已经重重地压上，一只手卡住魏巍的脖子，另一只手拼命地撕扯着她的裤子。

魏巍挣扎起来，挥动手里的螺丝刀，在朱志超身上连连戳刺。很快，鲜血从朱志超的手臂和肩膀上冒出来。然而，他仿佛丝毫感觉不到疼痛，依旧拉着魏巍的裤子，咬牙切齿地向下撕拽着。

突然，魏巍停止了反抗。朱志超三下两下扯掉魏巍的裤子，又去脱她的内裤。刚把内裤褪到臀部以下，朱志超就愣住了。

魏巍仰躺着，双目圆睁，死死地盯着他，胸口在剧烈地起伏。

她手里的螺丝刀，正深深地顶在自己枯瘦的脖子上，顶在不停跳动的颈动脉上。

“来吧。”魏巍低声说道，声调中带着哽咽，“如果你有兴趣奸淫一个死人的话。”

一个全身赤裸的男人跪在半裸的女人双腿间，手里还拽着这个女人的内裤。四目对接，震惊与决绝，欲望与杀意，在午夜的空气中对击。

良久，朱志超松开双手，颓然向后跌坐到地板上。随即，在女人粗重的呼吸中，一阵男人的哭泣声在室内响起。

朱志超坐在地板上，双腿蜷起，把脸顶在膝盖上，呜呜地哭起来。

“不，不要死。不要让我一个人。”朱志超的哭声由低变高，“我不想一个人，我太寂寞了……”

魏巍穿好衣服，坐在床上，默默地看着这个一丝不挂，哭到全身颤抖的男人。

翌日一早，朱志超就出门了。听到入户门关闭的声音，魏巍才从卧室里走出，面无表情地看着沙发上凌乱的被褥和扔了满地的纸巾。她走到门前，反锁了房门后，随手拿起餐桌上的烟吸了起来。

吸了一支烟，魏巍看看桌上摆好的饭菜，坐下来默默地吃着。

昨夜激烈的撕扯和严重睡眠不足让她的头又疼起来。简单打扫了房间后，魏巍吃了一片芬必得，坐在沙发上发愣。

在朱志超外出做工的时候，除了发愣，魏巍最常做的事情就是在这间只有40几平方米的房子里来回游荡。她无事可做，只能静静地等待天黑和不知何时而至的死亡。她以为，日子会这样过下去——如果可以将其称之为“日子”的话——然后在随便什么时间，自己会因为脑瘤破裂突然死去。当她离开这个世界的时候，朱志超可能在她身边，也可能不会。然而，这对魏巍而言，实在是一件无所谓的事情。

她现在能做的，仅仅是呼吸，以及为了维持呼吸而不得不做的其他事情。

不过，昨天发生的枪杀案，让魏巍已经涣散的神经重新紧张起来。毕竟，在很长的一段时间里，方木和江亚是对她而言最重要的两个人。墓地一夜后，事情向不可预期的方向发展。然而，让魏巍没想到的是，方木会选择这样的方式和江亚做个了断。

他肯定会死在江亚手里，而“城市之光”也就此消失。

江亚是魏巍养成的杀手，最初的目的就是创造出一个比方木更聪明、更强悍的对手。

然而，事已至此，魏巍已经不能确定，方木和江亚，究竟哪个更勇敢一些。

魏巍站起身来，走到衣柜前，开始翻翻找找。从医院里穿出的衣服，早就被当作垃圾丢掉了。她没有出门的打算，因此，在朱志超家的这段时间，她一直只穿着睡衣。

挑选了半天，最终，魏巍选了一套看上去不那么肥大的衣服和一顶棒球帽。穿戴好之后，魏巍拉开房门走了出去。

足不出户十几天，一下子踏入阴暗狭窄的楼梯间，魏巍竟有些紧张与眩晕感，似乎腿也软了下来。她扶住栏杆，定定神，一步步走下去。

很快，魏巍来到了干冷晴朗的室外。这栋楼位于同发热力公司家属区内。时值上午，园区内显得非常冷清。只有几个目光呆滞、脚步踟蹰的老人在散步。魏巍在门旁站了一会儿，紧了紧领口，低头走了出去。迈开脚步的一瞬间，她突然察觉到异样。

魏巍下意识地扭过头去，看见一楼的阳台上，一个10岁左右的女孩正趴在玻璃窗上默默地看着自己。

阳台上的温度很低，铁质栏杆后的玻璃窗上结了一层厚厚的冰霜。那些层次分明、结构精美的霜花中，有一小块被热气熏开的空白。女孩红苹果般的脸蛋就镶嵌在那里。她注意到魏巍的目光，微笑了一下。

魏巍却迅速移开视线，逃也似的走开了。

走到大街上，周围一下子热闹起来。在川流不息的车辆与人流中，魏巍却感到寒意刺骨。不仅仅是因为她只穿着单衣单裤，更多地，是因为刚才那个站在阳台上的女孩。

魏巍注意到，女孩脸蛋上的红润，来自于一个清晰的五指掌印。

她不能，也无暇去关注女孩的悲伤。

市公安医院。

三楼尽头的病房门口，把守在门前的警察略侧过身子，让这个推着小车的清洁女工走进病房。

女工穿着天蓝色的护工制服，袖口高高地挽起。帽子和口罩把她的脸遮得严严实实，只露出一双眼睛。

已经被宣布脑死亡的郜伟静静地躺在床上，双眼紧闭。女工拿起抹布，在病床周围来回擦拭起来。她擦得很细心，目光却始终集中在病人的身上。擦拭完毕，女工拎起水桶就往外走。守卫的警察问道："不擦擦地面吗？"

女工头也不回地回答："换水。"

走到卫生间门口，女工把水桶放在地上，自己闪身进了一个隔间。几分钟后，魏巍从隔间里走出，压低帽子，沿着走廊向医院外走去。

来到院子里，魏巍和各色人等擦肩而过，脸上露出一丝微笑。

邰伟并没有脑死亡，甚至连植物人都不是。对于这一点，没有人会比魏巍更加确定。

魏巍轻轻地呼出一口气。方木就是方木。他不肯以别人的性命作为代价来实现自己的目的。但是，他敢于牺牲自己。

也许，这就是方木和孙普以及江亚的区别?

魏巍不愿再想，双手插在衣袋里，慢慢地向医院外走去。刚走到院子门口，魏巍突然一个急转身，面向一个卖煮玉米的小摊。

在医院对面的马路边，一辆白色捷达车缓缓驶过。在驾驶室里的，正是朝院子里不断张望的江亚。

魏巍假装在挑选玉米，余光却始终盯着那辆捷达车。直到它渐渐开远，魏巍绷紧的身子才放松下来。

同时，她的心情却慢慢沉重下来——江亚已经有所行动了。

魏巍买了一根玉米，边吃边向医院对面的小巷里走去。走出几百米，魏巍发现自己只吃掉了一小块玉米粒，之后一直在啃玉米芯。

她丢掉玉米，不无自嘲地笑笑。

她意识到，自己已经在担心那个曾经切齿痛恨的人了。

回到同发热力公司家属区已经是下午。好久没有过户外活动，魏巍感到有些疲惫，更多的是兴奋。宛若一潭死水般的生活似乎有了一些生机。走到楼门口，魏巍看了看一楼的阳台。此时，玻璃窗已经被冰霜完全覆盖，曾映出小女孩脸蛋的那一小块窗户上是厚厚的霜花，其中镶嵌着一些扭曲的花纹，看上去好像是数字“482”。整个阳台就像是关在铁笼里的大冰块。魏巍走进楼道，在一楼那扇紧闭的铁门前停留片刻，慢慢地沿着楼梯上了楼。

走到朱志超家门前，魏巍刚要抬手敲门，铁门就被猛地推开，紧接着，一脸油汗、表情紧张的朱志超就冲了出来，几乎和魏巍撞个满怀。当他看清面前的人是魏巍的时候，脸上迅速出现焦急、欣慰、怨恨的复杂神色。

朱志超一把将魏巍拉进室内，回手锁死了房门。

“你去哪里了？”朱志超盯着魏巍，嘴唇颤抖着质问，“我以为……”

“出去转了转。”魏巍垂下眼皮，“待在家里太闷了。”说罢，她就摘下帽子，转身走进卧室。再出来的时候，魏巍已经换好了睡衣，抱着上午穿过的衣服去了卫生间。不多时，洗衣机转动的声音就响起来。

朱志超还站在原地，半晌，讷讷地对着卫生间说道：“我给你买点衣服吧。”

良久，卫生间里传来魏巍的声音：“谢谢。”

很快，到了准备晚饭的时候。朱志超煮上米饭，正在切肉的时候，魏巍悄无声息地走进来，解下他身上的围裙，指指客厅。

“你去看电视吧。”魏巍低着头，把围裙扎在身上，“我来。”

炒菜的香味很快从厨房里传出来。客厅里的朱志超却有些坐立不安，不时凑到厨房门口张望着。

十几分钟后，两菜一汤端了上来。和往常一样，两个人围坐在桌前默默地吃饭。不过，朱志超显得要更兴奋一些，不时夸赞菜香汤鲜。魏巍没有理会他，吃到一半，突然问道："一楼的住户你认识吗？"

"一楼？"朱志超有些糊涂，"101还是102？"

"101。"

让魏巍没想到的是，朱志超大为紧张起来，立刻把饭碗放下，问道："怎么了？"

"没怎么。"魏巍皱起眉头，"我今天出门的时候，看到他家有个小女孩。"

朱志超立刻追问道："孩子他爸爸看到你了？"

"没有。"

朱志超略松了口气，重新端起碗："没事，别招惹他家。"

魏巍盯着他，语气加重："你说清楚。"

"他家就一个大人和一个小孩，孩子妈妈跟别人跑了……"朱志超欲言又止，"总之别搭理他们——都不是正常人。"

"哼！"魏巍冷笑一声，"还能比你更不正常么？"

朱志超停止咀嚼，把一口饭含在嘴里，怔怔地看着魏巍。

餐桌旁的气氛一下子凝重起来。

朱志超现在做力工。这个工作虽然辛苦，但是不需要学历或者技能，而且可以当天结算工钱。在魏巍看来，另一个好处是，朱志超可以通过繁重的体力劳动去压制体内蠢蠢欲动的兽性。

从前朱志超只需要养活自己，现在多了一个魏巍，经济上很快就捉襟见肘。于是，他只能尽力去招揽更多的活计。加之欲火升腾时，朱志超毫无节制地自慰，所以，他很快消瘦下去。

魏巍对此无动于衷。在她眼中，自己和朱志超都是不应该存在于这个世界上的人。生存，只是一种本能，尽管她和他的呼吸都是毫无意义的。只是活着，仅此而已。

对朱志超而言，魏巍更像一个符号。而这个符号是有多重含义的。它能唤起朱志超对以往生活的残存记忆；它能让朱志超暂时拥有与女人相关的种种美好感觉，例如长发、体味、小一码的拖鞋、两副碗筷等等。更重要的是，魏巍是可以在这间屋子里行走的另一个人，一个可以让这间屋子变得狭窄拥挤的人，一个可以让这里的温度略微升高的人，一个能与之交流的人，尽管彼此之间更多的是沉默及恶语相向。

他太寂寞了，甚至在怀念那些被他杀死的女人——当时，也许该和她们好好聊聊。

所以，当魏巍再次突然消失的时候，朱志超先是诧异，随后就是深深的焦虑与绝望。他不能——或者说不敢重新面对孤独的生活。然而，他疯狂的寻找尚未开始，魏巍却回来了，如同她的消失一般突然。

她觉得闷，她想出去走走。这让朱志超感到些许欣慰，这个女人终于不再像一具行尸走肉。仿佛从一个抽象的符号变成了一个具体的人。同时，作为一个女人的特质，也开始越发鲜明地显现出来。

比方说，她开始需要衣服。

第二天傍晚，朱志超带回一件羽绒服、一条女裤、一双雪地靴和成套的绒衣绒裤。这些衣裤都是便宜货，但是也花光了他当天的所有工钱。魏巍并没有表现出惊喜，只是淡淡地打量着这些衣服，随后提出再要一套房门的钥匙。

朱志超毫不犹豫地答应了，并立刻下楼去配钥匙。因为她的这个要求更具有某种象征意味：即使她走了，还会回来。

“Lost in Paradise”咖啡吧的门前是一条宽敞平坦的马路，平时摊贩云集，热闹非凡。咖啡吧的背后，则是一大片荒草丛生的空地。那里曾经是一片棚户区，两年前被某地产公司买下后，准备建成商住两用的楼盘。拆迁基本完毕后，后期开发却因资金问题暂时搁置，从而形成和几十米开外的街道截然不同的景象。宛若一只孔雀开屏时，绚丽多姿的羽毛和丑陋不堪的屁股。

此刻，夜幕渐渐降临。魏巍默默地站在半人多高的荒草中，凝视着不远处的那栋二层小楼。忽然，小楼门前的路面暗了一下，魏巍略抬起头，意识到“Lost in Paradise”咖啡吧的霓虹灯招牌已经熄灭。

几分钟后，一辆白色捷达车出现在路面上，向市区的方向快速驶去。看着它消失在视域之外，魏巍挪动已经几乎被冻僵的双脚，慢慢地向小楼的后门走去。

走到门前，魏巍试着推了推，果然，这扇门是锁死的。魏巍站在门前，略调整了一下位置，然后向右转，迈开步子，边走边默数。数到10的时候，她停下脚步，从衣袋里掏出一把螺丝刀，在地上挖掘起来。土地被冻得很硬实，只挖了几下，魏巍就感到手已经开始发麻。她抿起嘴，把螺丝刀换到左手，继续用力挖着。挖到约5厘米深度的时候，她感到螺丝刀触到了一个金属物件。魏巍加快了速度，很快，一把黄铜钥匙出现在泥土之间。

魏巍拿起钥匙，在衣服上擦拭了几下，随即快步向学子路上走去。

学子路上依旧热闹。背着书包、提着水杯的大学生们流连于各色摊贩之间，忙着购买零食、手机链和充值卡。魏巍贴着墙边，慢慢地向“Lost in Paradise”咖啡吧门前靠近。最后，她站在卷帘门前，四下张望了一下，迅速蹲下身子，把黄铜钥匙插进锁眼里，转动一下后，拉起大约半米的高度，一闪身钻进了门里。

整个过程只用了几秒钟，魏巍却因为紧张而气喘吁吁。她站在漆黑一片的店堂里，立刻闻到了那熟悉的咖啡香味。

一瞬间，魏巍感到喉咙发紧，鼻孔也仿佛被堵塞了一般。在黑暗中，恍若隔世的往昔扑面而来。

她在这里度过了一段相对平静的时光。尽管每时每刻她都在费尽心机，竭力让江亚变成她想要的样子，然而，当夜幕降临，万籁俱寂，她躺在这个男人的怀抱里的时候，仍然有时光倒流的些许幻觉。仿佛这里不是“Lost in Paradise”咖啡吧，而是“普巍心理康复中心”里间的狭窄卧室。很多时候，魏巍宁愿闭上眼睛，期盼这幻觉能长久一些。

每当她睁开眼睛，彻底从幻想中清醒过来的时候，对方木的憎恨就会增加一分，复仇的信念就会坚定一分。而眼前这个微笑的男人，更像一把锋利的刀子。

魏巍轻轻地呼出一口气，从衣袋里拿出手电筒，首先照向店堂墙壁上的挂钟。6点50分。江亚比平时提前了几个小时闭店。他去干什么，不言而喻。

魏巍把手电筒的亮度调低，脱下雪地靴，慢慢地在咖啡吧里四处走动。

黑胡桃木吧台。挂在架子上的咖啡杯。烤箱。微波炉。阁楼上的小厨房。木纹地板。柔软宽大的双人床。

一切都熟悉如初。但是，魏巍很清楚自己已经不属于这里，如同自己已经不属于曾经刻骨铭心的记忆一样。

最后，魏巍把手电筒的光线射向东北角的那张桌子。犹豫片刻后，她移步过去，坐下来。

抬起头，吧台后的一切尽收眼底。尽管面前依旧是浓重的黑暗，然而，魏巍仅仅凭借记忆就能分辨出那里的一丝一毫。

这张桌子，是一切的源起，是“城市之光”从微弱到炽热炫目的开始。

只是，当初他的目光是多么的羞涩和腼腆。

魏巍关掉电筒，一动不动地坐在黑暗中，仿佛看到年轻的店主带着紧张的微笑向她走来。

她意识到，也许自己该做个选择。

在江亚和方木之间。

101室的女孩姓吕，10岁，名字不清楚。朱志超将她称为“老吕的女儿”。据说，邻居们也如此称呼她。

“那孩子有自闭症。”朱志超看着电视里的拳击比赛，心不在焉地说道，“所以，她5岁多的时候，孩子她妈就跑了。”

“自闭症可以通过强化训练改善症状的。”魏巍瞟了一眼朱志超，“老吕没想想办法？”

“想个屁办法。生出这样的孩子只能自认倒霉。”朱志超调整了一下坐姿，视线始终集中在比赛上，“老吕跟我一样，也没什么正经工作，没钱没地位，能养活两口人就不错了。不过他比我强点，起码那是个女孩。”

“你什么意思？”魏巍立刻追问道。

“你说我是什么意思？”朱志超笑笑，“老吕一直娶不上媳妇——他和他女儿的事大家都知道。”

魏巍瞪大了眼睛，感到胸口一阵憋闷。

“你们就这么看着？连报警都不肯么？”

“哼。”朱志超摇摇头，“关我们什么事儿？自己家都顾不过来呢！”

魏巍怔怔地看着他，最后，一字一顿地说道：“你们，都是该死的王八蛋！”

第二天一早，朱志超出门后，魏巍简单整理了一下房间，拎起满满的垃圾袋下楼。

丢完垃圾，魏巍搓搓冻红的双手，小跑着返回楼内。走到门口的时候，她突然想到了什么，看看101室的阳台。

铁栏杆依旧。玻璃窗依旧。厚厚的霜花依旧。只是，在那宛若冰块的混沌惨白后面，有一个小小的人影，直挺挺地站着。

魏巍默默地看了一会儿，走上前，敲了敲玻璃窗。

人影毫无反应。

魏巍想了想，把手掌贴在冰冷的玻璃窗上。

良久，人影终于有了动作，随即，一只模糊的手掌贴在了玻璃窗对面。

纹路分明的霜花渐渐融化，最后，宛若小兽般的粉嫩掌心出现在玻璃上。掌纹散乱。

魏巍的手换了一个位置，那小小的手掌也随之移动。慢慢地，霜花融化的面积越来越大。女孩的脸露了出来。

肮脏的脸上面无表情。嘴边还带着食物残渣。女孩披散着枯黄的头发，直勾勾地盯着魏巍。

魏巍对她报以微笑。女孩却毫无反应，似乎眼前并不是一个和她同样的生物。

一个女人，一个女孩，隔着玻璃窗默默地对视。良久，女孩突然伸出手来，在已经开始凝结水汽的玻璃窗上写下一串数字。

笔画歪歪扭扭，又是反向。魏巍辨认了好一会儿，才认出那是“484”。

这是什么？魏巍指指那串数字，对女孩做了个疑惑的表情。女孩却转过身去，全神贯注地盯着面前的霜花，不再理会她了。

回到房间里，魏巍的情绪有些低落。女孩寂寞、寒冷，备受摧残却毫不自知的样子在眼前挥之不去。没有人把她当作另一个人来看待，女孩本人也没有。

魏巍进而想到自己。躺在床上伪装植物人的那段日子里，魏巍丝毫不敢有半点放松，于是，她竭力把自己想象成一截毫无生机的木头。不会萌发新绿，不会悄然成长，只会在一片寂静中慢慢腐朽，直至化成一堆轻飘飘的粉末。

做一个人，做一个正常的人，是件很艰难的事情。

魏巍默默地坐了一会儿，起身打开电脑，上网浏览本地新闻。

她一直在等待那一天的到来，却又害怕面对一切结束的时刻。

因为，方木肯定会死去。

所以，魏巍希望在网络上看到“持枪杀人犯方某在某地落网”的字样。也许他会经历漫长的审判和媒体铺天盖地的报道，甚至可能会接受刑法处罚。但是，他会活着。至少会在监狱里活下去。

但是，魏巍也清楚这种可能性几乎为零。能杀掉孙普并全身而退的人，是不会轻易被警方找到的。而且，方木似乎已经和警方达成了某种默契，让江亚误以为邰伟已经被杀死。

他想激怒江亚，进而让自己成为“城市之光”猎杀的目标。然而，方木早已放弃了抵抗。否则他会一直带着那支枪，而不是把它留在现场。

死，不是方木的最终目标。他一定会给江亚留下一个圈套。魏巍不知道这个圈套的种种细节，但已经可以预见到结局。

方木会死。江亚会被绳之以法。

而她，只能眼睁睁地看着，无能为力。

请不要死，不要死。如果这件事一定会发生，请在我死去之后。

魏巍坐着，想着，直到太阳开始向西方倾斜。她站起身，打开冰箱，发现里面只有干瘪的洋葱。她想了想，披上外衣出门。

枪击案发生后，开始慢慢复苏的不仅是魏巍的思维，还有她的身体。久违的本能似乎在一点点地回来。当她在菜市场精心挑选了一堆蔬菜之后，魏巍察觉到自己的内心有了小小的满足感。这感觉让她觉得可笑，更觉得悲哀。而悲哀之后，魏巍竟有一丝欣慰。

难道，可以开始活得像一个人了么——即使随时有可能死去？

这念头让她不由得产生了些许幻觉，仿佛自己是一个普通至极、忙忙碌碌的主妇。随即她就连连警告自己，就像她在这些年来一直做的那样：你是一个失去爱侣的女人，你是一个复仇的女人。在你的余生里，除了要置那个人于死地之外，没有别的事情要做。

尽管如此，当魏巍路过一家专售童装的小店的时候，她还是停下了脚步。

最廉价的一套绒衣绒裤花掉了魏巍所有的钱。然而，她还是觉得喜悦，回去的脚步也变得越来越快。

她不能为那女孩做什么，连玻璃窗外的陪伴都不能。但是，她至少可以让那衣着单薄的孩子保有些许温暖——在她细数霜花的时候。更重要的是，魏巍希望借此向女孩的父亲传达这样的信息：有人在关注她。你必须收敛。

魏巍几乎是气喘吁吁地走进楼道，抬手敲响了101室的房门。然而，足足敲了两分钟之后，室内仍然毫无回应。魏巍有些失望，却并不觉得奇怪。自闭症患者本来就对外界的信息缺乏认知和自然反应。看起来，孩子的父亲也不在家。

该如何向那姓吕的畜生解释这套绒衣呢？送绒衣的时候，该怎样让他领会自己的用意？如果这样做，会不会招致他对女儿变本加厉的凌辱？

魏巍一边想，一边打开朱志超家的房门。

客厅里亮着灯，却空无一人。魏巍看到了朱志超的鞋子，随后，她的眼睛就瞪大了。

在朱志超的鞋子旁边，还有另一双陌生的鞋子，以及一双小小的拖鞋。

魏巍愣了几秒钟，手里的东西扑通一声掉在地上。她来不及脱掉外衣就冲进室内，直奔卧室。推门，门被锁死。同时，室内传来慌乱的声音。

魏巍像一头发怒的母狮一般，后退几步，然后狠狠地向门锁上踹去。

随着咣当一声巨响，卧室的门被魏巍生生踹开。室内的一切尽收眼底。

一个陌生的男子赤裸着身体站在床边。在床的另一侧，同样赤裸的朱志超正在手忙脚乱地套着内裤。在他脚边，散落着几张钞票。

在床上，一丝不挂的女孩慢慢地爬起来，尚未发育完全的身体苍白无光。她跪在床垫上，面无表情地看着魏巍。突然，女孩一字一顿地说道：“487。”

仿佛一声炸雷在魏巍的脑袋里轰响。

铁栏杆里的大冰块。布满霜花的玻璃窗。写在水汽中的数字。482。484。现在是487。

那些数字扭曲起来，和周围的冰霜齐齐地放出耀眼的白光，瞬间就将魏巍眼前的一切吞没……

等她醒来的时候，已经是深夜。在恢复意识的一刻，魏巍希望自己已经死掉。

然而，眼前依然是熟悉的景物。她艰难地爬起，发现自己躺在沙发上，身上盖着沉重的毛毯。

“你醒了？”一个声音突然传来。魏巍下意识地扭过头去，看到朱志超一脸尴尬地坐在餐桌旁，手里还夹着半截尚未燃尽的烟。

“我……”朱志超勉强笑笑，“憋不住了……所以……”

魏巍仿佛没听到一般，只是直直地看着朱志超。后者很快移开目光，闷闷地吸着烟。足足十几分钟后，朱志超突然听到沙发旁传来响动。他抬起头，看到魏巍两眼盯着餐桌上的碗盘，僵硬地一步步走来。

几乎是扑到餐桌旁，魏巍拿起筷子，飞快地吃起来。饭菜很快塞满了她的嘴巴，菜汤顺着嘴角淌到胸口上。朱志超想帮她擦拭，又不敢上前，只能不住地劝着：“慢点，慢点吃。”

魏巍没有理会他，似乎全部注意力都集中在眼前的饭菜上。同时，她仿佛感到食物中的热量正一点点地盈满她的每一条神经、每一丝肌肉、每一根骨头。她喜欢，并近乎渴望般地追求这种感觉。

因为，她已经做出了选择。

吃过晚饭，这对男女如往常一样，各自回房休息。仿佛傍晚的一切都没有发生。朱志超不敢再造次，也没有必要。所以，他看了一会儿电视之后，就躺在沙发上呼呼大睡。

凌晨时分，卧室的门突然开启，披头散发的魏巍如同幽灵一般走了出来。她悄无声息地走到沙发旁，静静地注视着熟睡中的朱志超，从头到脚，从面庞到四肢，似乎想把这个男人的所有细节都牢牢地记在脑海里。

窗外的月光清冷。在室内仅有的一点光线中，魏巍的双眼宛若利刃般投射出凛凛寒光。

第二天一早，朱志超在饭菜的香味中醒来。他揉揉眼睛，爬起身子，看到魏巍端着一个盘子从厨房里走出来。

“你起来了？”魏巍突然笑笑，“去洗脸刷牙吧，很快就开饭。”

这笑容让朱志超感到莫名其妙，随后就是一阵惊喜。他忙不迭地答应着，掀起被子跳下沙发。

走进卫生间，朱志超发现牙膏已经挤好，牙刷横放在装满温水的牙杯上。他疑惑地向厨房的方向看看，耸耸肩，开始洗漱。

刷好牙，又草草地洗了脸之后，朱志超拿起毛巾在脸上胡乱地擦拭着。刚睁开眼睛，就从面前的镜子里看到魏巍站在自己身后。

朱志超吓了一跳，本能地回过身来，发现魏巍的手上还握着一把剪刀。

“你……你干什么？”朱志超背靠着水池，神色慌张。

“你的头发太长了。”魏巍伸出一只手，在他的头发之间拨拉着，“难看。”

“我……我出去剪吧……”朱志超躲避着，视线须臾不敢离开那把剪刀。

“别动！”魏巍似笑非笑地命令道，随即就把剪刀凑过来。

几剪子下去，朱志超看着缕缕落下的头发，放下心来，老老实实地站着任由魏巍在他头上忙活着。

十几分钟后，朱志超的发型变成了干净利落的短发。魏巍替他扫去肩膀上的碎发，上下端详着他，说道：“这样多精神。”

早餐很快端上桌来。魏巍的胃口显得很好，还不时夹菜到朱志超的碗里。朱志超虽然纳闷，心下却十分受用。吃到一半，他突然没头没脑地说了一句：“昨天，你昏倒之后……我没碰你……老吕也没有。”

魏巍垂着眼皮，筷子在饭碗里戳来戳去。沉默了一会儿之后，她低声说道：“别去糟蹋那女孩了。如果你实在想要，我给你。”

朱志超惊讶得说不出话来，愣了半天之后，他结结巴巴地说道：“魏大夫，你……你的意思是……”

“我不知道自己能活到哪一天。”魏巍打断他，“我也想过几天正常女人的日子。另外，你肯收留我，我很感激。”

“我……魏大夫，你在这里一天，我就会照顾你一天。”朱志超激动得语无伦次，“像亲媳妇儿那样……你放心！”

魏巍没有理会他，只是伸出筷子敲敲碗边：“吃饭吧。”

吃完饭后，朱志超仿佛打了鸡血一般躁动不安。一会儿要帮魏巍刷碗，一会儿要打扫房间，最后又手忙脚乱地穿衣服，嚷嚷着要去挣钱。魏巍把他送到门口，帮他扎好围巾。突如其来的温柔与亲昵让朱志超有些难以自持，双眼几乎都要冒出光来。

“你去吧，中午吃点好的。”魏巍低着头，语气轻柔，“还有，再找你的朋友弄点杜冷丁吧，如果可以的话，再给我弄几支肾上腺素。”

“肾上腺素？”朱志超一愣，“你要那玩意儿干吗？”

“最近我的心脏不舒服。如果不行了，肾上腺素可以救我一命。”魏巍抬起头，嘴边露出一丝微笑，“你不希望我很快死掉吧？”

朱志超似懂非懂地点点头：“你放心，包在我身上。”

说罢，他用力抱抱魏巍，转身出门。

魏巍关好房门，听到朱志超的脚步声渐行渐远，似乎还带着满满的兴奋。

她站在门厅里，默默地看着面前这扇墨绿色的铁门，脸上的笑容迅速消失。

整整一个上午，魏巍都在吃东西，直到把冰箱一扫而空。到了下午，她乘车来到大学城，径直去了C市师范大学化学系。在实验室里，魏巍轻易拿到了一件白大褂。随即，她就在教学楼里静静地等待着。3点半，一班上课的学生叽叽喳喳地出现在走廊里。很快，两名学生被指定去拿试验药剂。魏巍跟着他们进入仓库。当两个学生抱着大堆器材和药剂走出仓库的时候，没有人注意到这个实验员模样的女人已经消失得无影无踪。

更没有人注意到，仓库里摆放凌乱的瓶瓶罐罐中，少了一瓶乙醚。

做完这一切，魏巍把白大褂丢在走廊的长椅上，戴好帽子和口罩，晃晃悠悠地走出了师大的校园。

时间尚早。魏巍步行至学子路上。在街道两旁的摊贩的掩护下，魏巍闪进“Lost in Paradise”咖啡吧对面的一家汉堡店，要了一份薯条和可乐，坐下来慢慢地吃着。除了偶尔抬起头来看看马路对面的咖啡吧，大多数时间，魏巍都压低帽檐，盯着桌面出神。

天色渐黑，学子路上却越发热闹起来。各色摊贩之前都围着大群学生。“Lost in Paradise”咖啡吧却不合时宜地一一关掉了电灯。几个顾客面带不悦之色，先后从咖啡吧里鱼贯而出。几分钟后，江亚走出来，拉下卷帘门，上锁。左右观察了一番之后，他径直走向路边停好的一辆白色捷达车，迅速驶离了这条街。

魏巍看看汉堡店里的时钟。6点30分。她不动声色地坐着，吃掉所有的薯条之后，又把可乐一口喝干。此刻，已是6点40分。魏巍起身离座，刚迈出几步，她的眼睛一下子瞪大了，随即就在旁边的椅子上坐下，侧过脸去，佯装在看墙上悬挂的电视机。几秒钟后，她微微抬起头，向对面张望着。

在“Lost in Paradise”咖啡吧门前，出现了一个让她意想不到的人。

方木瘦了一些，脸色显得更加苍白。他上下打量着那扇紧闭的卷帘门，看看手表，嘴里默念着什么，脸上是盘算的神情，似乎在计算时间。随即，他就双手插兜，似乎漫无目的地扫视着周围的摊贩。几分钟后，他突然低下头去，从衣袋里拿出手机。在夜色中，手机屏幕上闪亮的光斑分外鲜明。更加引人注意的是，手机的提示音似乎十分怪异，就连旁边卖炸鸡的小贩都忍不住抬头看向他。

魏巍侧过耳朵，听到一阵类似敲击铁门的“砰砰”声。

不过，这应该不是来电或者短信。方木看也不看手机屏幕，只是环顾四周，最后连连按动手机一侧的音量键。于是，那怪异的提示音越发响亮。

魏巍突然笑了笑。她已经知道方木的圈套是什么了。

调试几次后，方木似乎对效果感到满意，他把手机揣进衣袋，转身消失在熙熙攘攘的人群中。魏巍小心地走到门旁，四处张望了一下，快步走到“Lost in Paradise”咖啡吧的卷帘门前。按照那天的办法，半分钟后，魏巍已经站到了店堂内。

和上次不同的是，魏巍没有怀旧的心情。她脱掉雪地靴，来回扫视着空荡荡的店堂，眉头微蹙，脸上是紧张思考的表情。转身看看卷帘门，魏巍摇了摇头，随即就把视线投向卫生间。犹豫了几秒钟之后，魏巍就直奔那里而去。

拉开右侧隔间的小门，魏巍的视线直接投向便池后面的狭窄木门。她拨开插销，径直走了进去，穿过一条几米长的过道后，魏巍停在一扇木门前面。她向前后看看，略思考了一下之后，打开了木门。

顿时，一阵寒风卷了进来，踩在水泥地面上的双脚瞬间就失去了温度。魏巍眯起眼睛，凝视着咖啡吧后面的荒地。

片刻，魏巍咬了咬嘴唇。就是这里了。

她小心地关好后门，弯下腰去，做出拖拽的姿势，一边转身向后走，一边低声默念着：1——2——3——”

数到37的时候，魏巍已经站在了店堂里。她直起身子，再次扫视四周，最后，把视线投向吧台。

魏巍重新做出拖拽的姿势，向吧台后面绕去，嘴里继续默念着：“38——39——”

来到吧台后面，她没有犹豫，直接掀起地毯，拉开下面的活板木门，一步步探身下去。

当她站在储藏间里，面对四周的铁质货架的时候，刚好念到62。魏巍看看货架上的深蓝色布帘，上前掀开。里面的东西不多，特别是东侧的货架上，只摆了几个纸箱，留下大片空白。看来咖啡吧最近不是生意不佳，就是江亚无心经营。魏巍看看货架，心中暗自计算着铁架的长度和深度，最后用手捻捻布帘。厚重的手感让她微微点头，紧蹙的眉头也舒展开一些。

随即，她把视线投向北侧的货架。

挪开货架，打开铁门。一股淡淡的福尔马林味道扑面而来。魏巍打开电灯，室内的一切尽收眼底。

还是熟悉的水池与铁床，只是比以往多了几只大塑料桶。魏巍走过去，轻轻翕动鼻翼，立刻知道福尔马林味道的来源了。同时，她转过头，看着隔间北侧的水池。

“原来他想这样。”魏巍点点头，自言自语道。

她知道这里的秘密，也知道江亚喜欢独自待在这里。在他们相识之后，曾一起在这里度过了许多不眠之夜。在这里，江亚将自己的一切和盘托出，也正是在这里，魏巍知道自己终于选中了对付方木的利器。

在不可知的某日，这里终将埋葬那个曾让她切齿痛恨的人。

然而，魏巍已经做出了相反的决定。

选择一束光，在江亚和方木之间。

她知道自己在冒险，也知道成功的可能性极小。可是，她仍然决心要这么做。因为她有一个决定性的优势。那就是，她对这两个男人都足够了解，甚至到了无以复加的地步。

当晚，如魏巍预料的那样，朱志超在晚饭后就迫不及待地把她拽进了卧室。魏巍没有反抗，只是闭上双眼，咬紧牙关，默默地承受着朱志超在她身上挥汗如雨。

足足折腾了大半夜后，心满意足，同时也疲惫不堪的朱志超才翻倒在魏巍身边，沉沉地睡去。他不知道的是，就在他肆意发泄的时候，魏巍在暗自计算着他的体重。

待朱志超睡熟，魏巍才翻身爬起，到卫生间擦洗。

她没有受辱的感觉，内心的平静让她觉得既惊讶又熟悉。类似的事情在几年前就做过，只不过，那把刀子从江亚变成朱志超。

而且，刀子挥向的头颅，已经不再是方木的了。

值得。魏巍站在卫生间里，看着镜子中倒映出的自己，默默地露出微笑。

为一束光。这一切，都值得。

肉体交合能让男女之间的关系瞬间就变得亲密。对于满脑子只剩下性欲的朱志超而言，尤其是这样。第二天一早，他已经把这个家统统交给魏巍来管理。同时，朱志超渴望魏巍对他有更多的要求，从而以满足她来表明自己有多么关爱她。于是，当魏巍提出“借一辆车，出去兜兜风”的时候，朱志超只是犹豫了一下，就满口答应。

那是一辆临近报废期的桑塔纳轿车。对魏巍而言，已经足够。当天晚饭后，魏巍就开着车和朱志超出去“兜风”。一路上，朱志超不住地夸赞车宽敞，开起来稳当，还对魏巍的驾驶技术大加赞赏。同时，不住地观察着魏巍的神色。魏巍始终面露微笑，对朱志超的问话一律不予回应。

开到“Lost in Paradise”咖啡吧后面的荒地上，魏巍下车抽了一支烟。看似无所事事，其实她在观察桑塔纳车在荒草中的隐蔽程度。朱志超一直在看着她，等魏巍掐灭烟头，回到车上的时候，朱志超问道：“为什么要来这里？”

“这里安静些。”魏巍抬手将汽车熄火，然后目不转睛地盯着咖啡吧门前的马路。

朱志超显然误解了魏巍的意思，忙不迭地把座椅放平，解开裤子。

“想不到……”朱志超伸手去拉魏巍，“魏大夫你喜欢这个。”

魏巍甩开他的手，目光须臾不敢离开那条马路。

“回去再说。”

朱志超讨了个没趣，只能躺在座椅上闷闷地听收音机。半小时不到，他已经鼾声如雷。

夜色渐深，气温也越来越低。魏巍的脸色由白转青，鼻尖也冻得通红。车窗上雾气蒙蒙。她不得不时常用一条抹布擦出一块足够观察外面的干净玻璃。

熟睡中的朱志超翻了个身，紧了紧身上的衣服。

魏巍不希望他此刻醒来。然而，她不能打开空调，因为在这片荒地上，发动机的轰鸣声会变得非常刺耳。

她要躲避好，连同这个熟睡的人，等待那一刻的来临。

午夜时分，那辆白色捷达车从远处疾驰而来，径直开到咖啡吧门前。魏巍立刻紧张起来，屏住呼吸，把鼻子凑到车窗前，一动不动地盯着那辆车。然而，从车上下来的只有江亚一个人。他看起来并不愉快，重重地关上车门后，就打开卷帘门，钻进了咖啡吧里。

魏巍轻轻地呼出一口气，面前的玻璃窗瞬间就模糊起来。她悄悄地松开一直捏在手里的小瓶子，抬手发动了汽车。

桑塔纳车慢慢地驶离荒地。轻微的震动让朱志超有了短暂的清醒，他揉着眼睛，半爬起来，四处张望了一下之后，倒头再睡。

魏巍面无表情地驾车开上马路，在飞速倒退的路灯照映下，一路驶往市区。

看来，不是今天。

可是，会是哪一天呢?

魏巍别无选择，只有等待。

入夜。朱志超再次理直气壮地索取魏巍。魏巍没有抗拒，甚至还有些迎合。完事后，朱志超气喘如牛地翻身躺平。魏巍的双臂却再次缠绕过来。很快，朱志超的欲火被重新点燃，随即就是另一场暴风骤雨。

折腾到凌晨时分，已经筋疲力尽的朱志超终于沉沉睡去。在他的身边，魏巍睁大双眼，盯着天花板。

她并非毫无睡意，只是在脑海里一遍遍勾勒那个已经渐渐清晰的计划。身边这个瘫软如泥的男人，正是这个计划的一部分。

他每虚弱一分，自己就离成功更近一分。

第二天。阴。北风三到四级。暴雪将至。

再次来到这片荒地上，朱志超感到十分奇怪。他看看正襟危坐，始终看着车窗外的魏巍，犹豫了半天，才开口问道：“你为什么喜欢到这里待着？”

魏巍没有回头，也没有答复他。

“这算什么兜风啊？”朱志超不满地嘀咕道，“太冷了。还不如回家看电视呢。”

说罢，他就拧动钥匙，拍拍魏巍，催促她开车回去。

让他没想到的是，魏巍立刻将车熄火，脸上的表情既恐惧又愤怒。

朱志超先是惊讶，随即就恼火起来。

“你这是干什么……”

他的话音未落，魏巍就换了一副温柔的面孔。

“怎么？”她看着朱志超，语气中似乎有些幽怨，“你不愿意陪我么？”

“愿意倒是愿意。”朱志超的火气瞬间就消失了大半，“可是……”

“我曾在这里生活过。”魏巍打断他，“每逢心情不好的时候，我就会来这里，吹吹风，想想心事。”

朱志超眨眨眼睛，似乎还不能理解这到底是什么样的情调。不过，他很快就安静下来，靠坐在副驾驶位上，闷闷地吸烟。

“你坐着就好，如果困了就睡一会儿。”魏巍的语气依旧轻柔，“等我情绪好些了，就会和你好好过日子。”

朱志超嗯了一声就不再说话了，半眯着眼睛听收音机，左手还不老实地在魏巍的大腿上摸来摸去。

魏巍扭过头去，继续看着窗外。

时间一分一秒地流逝。等那只手渐渐静止下来之后，深蓝色的天空已经变成一片铅黑。风声大了起来，细碎的雪花缓缓飘落。

寂静无声的荒野中，桑塔纳轿车宛若一只静候猎物的猛兽，默默地蹲踞在一米多高的枯草之间。

魏巍感到有些疲惫。她把头抵在玻璃窗上，一阵刺骨的凉意瞬间就从额头上传遍全身。她打了个哆嗦，觉得清醒了许多。随之而来的，就是隐隐的头痛。

魏巍把手指按在太阳穴上，徐徐地摩挲着。

身旁的朱志超已经发出鼾声。魏巍听着，心情一点点低落下来。

这个熟睡的男人无条件地信任自己。尽管她知道，朱志超的顺从，更多地是为了索取她的肉体。然而，对于他即将面对的结局，魏巍还是不愿去想。

不知道从什么时候开始，魏巍开始察觉到自己的变化。在谋划复仇的9年里，她始终如同一把上膛的手枪，随时准备击发。对于死在朱志超和江亚手里的那些人，她从不同情，也不犹豫。然而，墓地一夜之后，她却对那个叫廖亚凡的小姑娘有了些许动摇。她提醒了方木，却来不及阻止江亚。尽管在某种意义上报复了方木，但是魏巍并不因此感到一丝一毫的快意。

她开始像一个正常的人。也许，这是方木能在洞悉一切后，仍然肯放过她的原因？

现在，为了他，魏巍不得不再次让自己变成凶器。

对不起。方木。江亚。朱志超。以及被复仇之火吞噬的所有人。

我必须这么做。

为了一束光。

突然，两道光柱由远及近，在越来越大的雪花中，渐渐接近这片荒地。

魏巍的心脏猛烈地跳动起来。在黑暗中，她只能看到从马路漂移到荒地上的两盏车灯——上下颠簸、左右摇晃。但是，她似乎能感受到那辆车里的狂躁、兴奋以及浓浓的杀意。

就是今天。

就是这里。

就是他。

魏巍的全身如强弓般绷起。她紧紧地盯着窗外，同时从衣袋里拿出一个小塑料盒，取出里面的注射器。

静脉推注后，魏巍来不及体会肾上腺素带来的身体反应，又把那个小玻璃瓶掏出来，拧开瓶盖，把一个小方巾按在瓶口。

那辆车停在几十米开外的荒地上。魏巍看着那熟悉的白色车身，感到手心里沁出了汗水。

车门打开，江亚钻了出来。他向四处看看，随即绕到车后，打开了后备厢。很快，他从后备厢里拖出一个人，扔在了荒草中。

几乎是同时，魏巍把手中的小瓶子倒转过来，立刻感到了小方巾在手心中的湿度。她转过身，把手中的方巾伸向旁边熟睡的朱志超。随着她的动作，车身晃动了几下。朱志超“唔”了一声，刚刚睁开眼睛，就感到一团湿冷的东西捂在了自己的口鼻上。他本能地抬手去抵挡，然而，一阵刺鼻的气味直冲颅腔。他的手也随之无力地垂落下来。

魏巍手里的小方巾仍然死死地按在朱志超的脸上，同时紧张地回头望向窗外。江亚的白色捷达车已经发动，调转方向，驶向荒地外面的马路。

魏巍从驾驶座下掏出一个小布包，跳下车，转到副驾驶一侧，把昏迷的朱志超拖下车来。此刻，肾上腺素的作用已经在她身上显现出来。她感到自己的呼吸加快，心脏有力地收缩着，似乎体能一下子充沛了许多。

不过短短几十秒钟，魏巍已经把朱志超拖到了刚才江亚停车的地方。在荒草中，一个头罩黑色塑胶袋的人静静地躺卧着。魏巍蹲下身子，小心地揭开塑胶袋。一张血流满面的脸露了出来。从耳朵上挂着的残破眼镜和依稀可辨的五官轮廓来看，这是方木无疑。魏巍伸出手指放在方木鼻下，仍能感到一丝呼出的热气。魏巍略微放下心来。紧接着，她仔细地查看了一下方木脸上的伤势。随即，她从小布包里掏出半块砖头，转身瞄准朱志超的脸，狠狠地砸了下去。

剧痛让朱志超恢复了一些意识。他含混不清地呻吟着，双臂也开始抽搐。魏巍没有分心，全神贯注地行动着。砸了几下之后，她又回身看看方木，对比了一下两人脸上的伤口和位置。紧接着，她把方木头上的塑胶袋依原样扎好，拽起瘫软的朱志超向咖啡吧的后门拖去。

刚刚把自己和朱志超隐藏在后门旁边的荒草中，魏巍就听到咖啡吧里传来急促的脚步声。此时，朱志超又“嗯嗯”地呻吟起来，魏巍掏出那个小玻璃瓶，用里面的液体浸湿方巾，再次捂在朱志超的脸上。男人很快安静下来。几乎是同时，咖啡吧的后门被打开了。魏巍趴在荒草中，目不转睛地盯着几米开外的江亚。

江亚站在门口，先是四处观察了一下，随即就快步走开，转眼间就消失在荒草中。

魏巍深吸了一口气，拽起朱志超，打开虚掩的后门，钻进了咖啡吧。

短短的过道虽然只有几米长，魏巍却走得无比艰难。她用双手拽住朱志超的衣领，一边向后退，一边留心观察是否有痕迹留在地面上。让她感到庆幸的是，虽然有几滴血落下，但很快被朱志超的身体擦拭掉。

魏巍在心里默数着，同时使出全身的力气拖拽着昏迷的朱志超。走出过道，进入卫生间，又穿过店堂，直到把朱志超拖入活板木门的下面。魏巍意识到自己的行动比计划中迟了5秒钟。她来不及喘口气，从布袋里拿出手电筒，调至最低亮度后，径直把朱志超拖到东侧的货架前，把他塞进了货架底层。随即，她转身奔到木梯前，在微弱的手电光下，倒退着，迅速查看着楼梯踏板和地面。擦去几处拖拽痕迹后，魏巍已经听到了头顶的喘息声和重物坠地的撞击声。她转身走到货架前，侧身挤入朱志超旁边的铁质隔板上，伸手拽平还在抖动的深蓝色布帘，关掉手电筒。

她竭力平复着急促的呼吸，心里默默地祷念着：方木，挺住，千万不要先死去。

因为，这场好戏才刚刚开场。

江亚和方木在店堂里停留的时间比自己想象的要久一些。魏巍一动不动地蜷伏在深蓝色布帘后，留神倾听着头顶的每一丝动静。

有江亚说话的声音，还有踢打肉体的钝响。几分钟后，是活板木门打开的声音。透过厚实的布帘，魏巍隐约看到木梯上方有光线倾泻下来。随即，她就听到脚在木梯上踩踏的吱呀声，紧接着，一阵“噼里扑通”的声音传来，似乎有人从木梯上滚落下来。

魏巍屏住呼吸，同时伸手罩在朱志超的口鼻上，生怕任何一丝异响从布帘后传出。因为她知道，死神就在几米开外。

随着一声按动开关的脆响，魏巍的眼前一下子明亮起来。隔着布帘，她看到一个人影奔向北侧的货架。一阵铁器与水泥地面摩擦的刺耳声响后，就是铁门开启的锈涩声。之后，那个人影走到木梯前，弯腰，慢慢地向后退移着。

沉重的拖拽声再起，直到那个人影消失在北侧墙壁后。

魏巍轻轻地呼出一口气，松开了罩在朱志超口鼻上的手，立刻感到指间的滑腻。

他还在流血，希望那些伤口看上去和方木脸上的没有明显区别。

让魏巍略感欣慰的是，到目前为止，江亚还没有察觉到异样。她很清楚，真正的考验还在后面。她必须等待那个机会的到来。因此，她要从现在开始保持高度的警觉和决断。

百分之三十。

江亚没有关闭铁门，加之那个隔间的回音良好，因此，尽管魏巍看不到，但是通过声音就可以推测出隔间里发生的一切。

听上去，江亚的动作急促且有序。魏巍分辨出解开塑胶袋的声音，随即就是窸窸窣窣的响动。她立刻意识到，江亚在脱掉方木的衣服。

一丝微笑展露在魏巍的嘴角。这是她最担心的部分。因为她不能确定方木当天的穿着，所以无从提前准备。但是，当她看到隔间里的塑料桶时，就推断出江亚打算把方木像玩具一样保存在水池里——就像对那个医生一样。因此，他很可能会把方木的衣服脱光。这也是魏巍敢于有所计划的原因。虽然两具赤裸的男性尸体还是会有些许区别，但是以魏巍对江亚的了解，他会把注意力集中在对方的脸和眼睛上。所以，值得冒一下险。

魏巍来不及多想，她立刻动手除去朱志超身上的衣服。和江亚一墙之隔，不用担心动作被他看见，只要别发出太大的声音即可。因此，朱志超很快变得一丝不挂。魏巍把所有衣服团成一团，塞到朱志超的身后，继续留神倾听着隔间里的声音。

百分之五十。

脱掉方木的衣服后，江亚开始在隔间里走动。随即，就是一阵液体倾倒的声音。福尔马林的刺激味道从铁门里传出来，开始在储藏间里蔓延。

水龙头被拧开的声音。哗哗的水响。江亚开始说话。

从江亚开口的那一刻起，魏巍就紧张起来。

方木是否还活着？

魏巍侧过耳朵，竭力捕捉着隔间里的任何一丝声响。

终于，方木有所回应了。尽管那声音微弱又模糊，但魏巍可以肯定，他还活着。

江亚和方木的对话一句句传来。一个兴奋又躁怒，一个低沉却平静。一个杀意渐起，一个坦然求死。

魏巍听着，泪水渐渐模糊了视线。

方木。你太傻。你是一个不折不扣的疯子。

但你的勇敢，的确远远超过我的想象。

魏巍擦擦眼睛，连连警告自己要冷静。因为她必须要准确判断——甚至是预判出江亚的举动，特别是他接下来要对方木的所为。

她必须要准确地辨认出，方木的哪一句话会激怒江亚。

而与她一墙之隔的那个男人，已经快要失去理智。

魏巍悄悄地把手伸进布袋，抽出一把短柄铁锤。

终于，在江亚歇斯底里的吼声中，击打肉体的声音再次传来。

是用脚，击打部位是头部！正面！

对这个男人无以复加的了解让魏巍瞬间就做出了决断。几乎是同时，她挥起铁锤，向朱志超的面部砸去！

隔间里的回音掩盖了储藏间里的声响，加之江亚暴怒的情绪，两个空间里几乎同步的击打声并没有引起江亚的注意。

突然，随着一阵鞋底和地面的摩擦声，江亚的踢打戛然而止。魏巍手里的铁锤已然挥出，刚刚接触到朱志超的头部就生生停住。

粗重的喘息声传来。看来，江亚打累了。魏巍竭力平复着急促的呼吸，借助布帘外透入的一丝光线，看着朱志超的脸。

那张昏迷的脸已经变成了血肉模糊的一团。鲜血正从各处伤口中涌出。

魏巍感到既欣慰又恶心。朱志超越是面目全非，被识破的可能性越小。然而，暴力，的确不是一件让人感到舒服的事情。

百分之七十。

魏巍勉力忍住喉咙翻涌的感觉，用衣袖擦拭着已经流淌到隔板上的血液，生怕会流淌到布帘之外的地面上。

同时，她在焦急地倾听着隔间里的动静。

方木还活着吗？

良久，期待中的呻吟再次传来，而后，就是嘶哑的笑声。

魏巍却并不感到轻松。她不知道方木能坚持多久，更不知道那个机会何时能到来。

而随着方木和江亚之间的对话，魏巍能清晰地感觉到，江亚的杀意已经越来越浓。

耳边传来工具箱被打开的声音。铁器摩擦。

魏巍的眼前仿佛出现了这样一幅画面：江亚掰正方木的头部，死死地盯着对方的眼睛。

“看着我。对，就这样。”

江亚冰冷的声音。魏巍的心脏猛烈地跳动起来。

“我得承认，你是很棒的对手。和其他人相比，我真的不想杀死你——不过，该说再见了。”

江亚全神贯注的脸。方木肿胀、半睁的眼睛。举在半空中的铁锤……

凌乱的片段在魏巍的脑海中一闪而过。她全身绷紧，握着铁锤的手几乎要痉挛。

方木，你的计划呢？为什么还没有启动？

结局。结局终于要到了。

魏巍半坐起身子，一只脚已经探出了布帘之外。

计划失败。现在是鱼死网破的时候了。这是魏巍最后，也是最坏的选择。

冲出去，在江亚杀死方木之前，用这把铁锤狠狠地砸在他头上。魏巍没有必胜的把握，但是她不能眼睁睁地看着方木死去。

就在她准备奋力站起的一刹那，一阵“砰砰”的巨响从头顶的店堂内传来，似乎有人在拼命敲打咖啡吧的卷帘门。

魏巍迅速收回脚，同时拉平已经掀起的布帘。

她几乎要喊出来，似乎只有如此，才能将那跳到喉咙口的心脏安放回去。

那声音，那等待了许久的怪异的手机提示音，终于响了。

魏巍心里很清楚，并没有所谓后援来到。在咖啡吧门前看到方木的那个傍晚，魏巍就知道这是他的圈套中的重要一环。

方木设置了手机闹铃，铃声正是敲打卷帘门的声音。然后，他会在合适的时机开启这个倒数计时的闹铃。在进入咖啡吧之后，方木会伺机把手机放在某处——现在看起来，他把手机留在了店堂内——待闹铃响起后，江亚会误以为有人在敲门。他会暂时离开方木的身边。就在这个时间段内，方木肯定会有所作为——比如留下证据之类。

对于魏巍而言，这也是完成计划的机会。唯一的机会。

在一阵紧似一阵的敲门声中，隔间里一片寂静。几秒钟后，布帘上映出一个人影，沿着木梯爬了上去。

人影消失在活板木门之上后，魏巍立刻掀开布帘，拽着依旧昏迷的朱志超，冲进了隔间里。

以江亚的性格，他一定会预先留好自己的退路，确认无人前来后，才会重返地下隔间。因此，自己有一两分钟的时间来完成计划。然而，魏巍丝毫不敢耽搁。

她穿过铁门，一眼就看到方木半仰着头，正拿着一个打结的安全套往嘴边送。安全套上血迹斑斑，而方木右手的中指只剩下一半。

看到拖着一个人的魏巍，方木明显一愣，手上的动作也停了下来。魏巍喘着粗气把朱志超拖到方木身边，俯身下去，拿过方木手上的安全套，看到里面是半截中指。

原来你要保留的证据是这个。

魏巍把安全套塞进朱志超嘴里，并一直顶到喉咙。这个昏迷的男人依旧保持着吞咽的本能，喉结上下蠕动着。很快，那个安全套就消失在他的口腔里。

奄奄一息的方木立刻明白了魏巍的意图，本能地抬起一只手去阻止她。

“不……”方木脸上模糊的血肉中吐出几个微弱的音节，“我不能……”

魏巍轻而易举地按住了他，随即就把那块小方巾蒙在方木的口鼻上。

方木一下子瘫软下去。

魏巍把方木挪开，然后把朱志超移到他的位置上，仔细对比了二人的脸部之后，魏巍抬脚在朱志超脸上猛跺了几下。如此，两个人的脸都变成了血肉模糊的一团。魏巍摆好朱志超的手脚，拖着方木向隔间外走去。

把方木塞进东侧货架的底层隔板上，魏巍随即钻进去，蜷起身子。刚刚拉平布帘，魏巍就听到活板木门被拉开了。紧接着，就是江亚急促的脚步声。

脚步声进了隔间。然后，就是死一般的寂静。

魏巍屏住呼吸，闭上双眼，仿佛整个身体都消失了，只留下一对耳朵在倾听着隔间里的动静。

隐约的喃喃自语声。难以觉察的呼吸声。

突然，一声钝响在隔间中响起，伴随着颅骨碎裂的声音。

魏巍一下子睁开双眼，消失的知觉瞬间就回到身体上。然而，她只撑了几秒钟就瘫软下去，无力地抱着一动不动的方木。

调换成功。

百分之九十。

在接下来的几十分钟里，魏巍悄无声息地躲在布帘后。身体已经疲惫至极点，意识却不敢有半点放松。她听到江亚在默默地哭泣，把“方木”的尸体扔进水池里的福尔马林溶液中，冲洗地面。最后，他关上铁门，摆好货架，关闭电灯，沿着木梯钻出了活板木门。

在寂静却相对安全的黑暗中，魏巍慢慢地把朱志超的衣服套在方木身上。其间，方木曾有过短暂的意识恢复。魏巍用那个小玻璃瓶和方巾再次让他昏迷过去。

凌晨4点左右，魏巍确信江亚已经睡熟之后，钻出货架，一点点把方木拖出活板木门，穿过漆黑一片的店堂，来到卫生间里。

打开便池后的木门，魏巍把方木放在过道里，然后从布袋里掏出一卷细细的铁丝。一端在插销的锁杆上绕了一圈，然后把铁丝的另一端拉到木门的另一侧。随即，她关上木门，在门缝里拉动铁丝，在难以觉察的滑动声中，锁杆慢慢插进锁套里。魏巍轻轻推动木门，确认已经锁好后，她用力拉动铁丝，绕在锁杆上的铁丝脱落下来，顺着门缝回到魏巍手里。

魏巍重新拽起方木，艰难地沿着过道一路走到尽头的铁门处。

几秒钟后，魏巍和方木已经回到了那片荒地上。魏巍关好后门，看看漫天飘落的大雪，心下有小小的喜悦。看起来，掩盖足迹的工作可以省去了。尽管如此，她还是拽着方木，尽量贴着墙边，一直走到荒草丛中，才直奔那辆桑塔纳车而去。

把方木放倒在后座上之后，魏巍已经耗尽了全身所有气力。她勉强爬进驾驶室，略休息了一下，就发动汽车，悄无声息地向荒地外开去。

驶上马路，桑塔纳车骤然提速，向市区的方向飞驰。魏巍从后视镜里看看一动不动地蜷缩在后座上的方木，疲惫的脸上露出一丝笑容。

百分之一百。计划成功。

回到朱志超家楼下，天色已微明。此刻，肾上腺素带来的身体亢奋已经消失殆尽。整整一晚的奔忙让魏巍感到全身酸痛。她足足花了半个小时的时间，才把方木弄进房间里。

脱掉他身上的衣服，魏巍拿出酒精和药棉，细致地擦拭着方木的伤口。他的躯干处无大碍，伤势主要集中在头部和右手上。

酒精擦拭伤口的刺痛让方木恢复了些许意识。然而，肿胀的双眼只能开启一条细细的缝隙。看到那缝隙中透出的一点光，魏巍略放下心来。

清理好伤口，魏巍小心地按动着方木的头面部，能清晰地感觉到颧骨及牙床骨处的骨折，其他位置有开放性创口和血肿，但似乎性命无虞。

魏巍把他的右手中指包扎好，又在伤口上涂抹了药膏。然后，她撬开方木的嘴，喂了一些糖水和消炎药。方木再次昏睡过去。魏巍在他身边守护了一会儿，天亮的时候，她再也坚持不住，趴在方木的身边睡着了。

一觉醒来，已是中午。魏巍爬起来的第一件事就是去查看方木。他还在昏睡，气息平缓悠长，只是体温有些升高。

魏巍清点了一下朱志超家里剩下的现金，起身去卫生间洗漱。站在镜子前，魏巍看到朱志超的牙刷还插在牙杯里，身体不由得晃了晃。默立良久，魏巍吸吸鼻子，平静地洗脸。

出门后，她先去药店购买了一大堆药品和营养液。随即，魏巍来到附近的一家大型超市门前，径直去了某银行的信用卡代办点。为了追求信用卡市场占有率，工作人员并没有对魏巍提供的信息做详细核实。几十分钟后，魏巍顺利地用朱志超的身份证办理了一张信用卡。

最后，魏巍去了农贸市场，买了足够几天用的食物和日用品。回到热力公司家属区，魏巍在进入楼道之前，在101室的阳台前默默地站了一会儿，随即转身上楼。

做饭，炖汤。为方木清洗伤口、输液、换药。日子就这样不紧不慢地过去。最初的几天，方木还是时而清醒，时而昏迷。不过，随着伤口的慢慢愈合，他清醒的时间越来越长，只是还虚弱到不能完整地说话。

现金很快用完，好在那张信用卡已经开通。魏巍精打细算，维持两个人的生活，外加治疗，还可以勉强应付。

让她感到欣慰的是，方木正在一点点好起来。

一天早晨，魏巍在剧烈的头痛中醒来。吃了两片止痛药后，痛感仍然没有减轻。魏巍抱着似乎要裂开的头，踉踉跄跄地冲到卫生间，拿出仅存的两支杜冷丁，敲开一支做静脉推注。

几分钟后，痛感有所缓解。她呼出一口气，似乎眼前和耳边都清晰了许多。紧接着，她就听到卧室里传来重物坠地的声音。

来不及多想，魏巍迅速返回卧室，看到方木躺在地板上，正在勉力挣扎着。

魏巍上前扶起他，把他平放在床上，刚要去拉动被子，就感到自己的手臂被拽住了。

魏巍下意识地回过头，看见方木圆睁着双眼，尚未完全消肿的脸上布满了青瘀和结痂的伤口。

“为什么？”

这是几天来，方木第一次说出完整的句子。虽然简短，但也足以让魏巍放下心来。

她没有回答，而是从床头柜里取出一卷胶带，不顾方木的挣扎与撕扯，把他的两只手都牢牢地绑在床头上。

做完这一切，魏巍按捺住微微的气喘，俯身在方木耳边，缓慢且清晰地说道："你不应该死，该死的是江亚、朱志超，还有我。"

他的确不应该死。因为这个世界上还有101室的女孩，还有老吕和朱志超这样的人。

当魏巍听到那个女孩面无表情地吐出"487"这个数字的时候，她一下子被击垮了。女孩对外界毫无感知，却唯独记得自己被性侵的次数。写在阳台玻璃上的，不是三个简单的数字，而是"救救我"。

救救她。救救孩子。救救善良。救救直面黑暗的勇气。

这个城市，需要一缕真正温暖的强光。

方木始终保持着时断时续的挣扎，无声，沉默。魏巍没有理会他，只是对他挣扎的幅度和气力略感欣喜。到了晚上，方木突然不再反抗。当魏巍把一碗鸡汤端到床边的时候，他低声说道："你放开我，我保证不逃走。"

魏巍盯着他看了一会儿，上前撕开了他手腕上的胶带。

拒绝了魏巍的搀扶，方木颤抖着站起来，然后，一步一步地挪到客厅里。似乎在卧床的日子里，他已经对行走感到陌生。坐到餐桌旁的椅子上，方木身上的睡衣已然被汗水湿透。魏巍把鸡汤放在他的面前，然后拉过另一把椅子，坐在他身边。

方木一动不动地看着汤碗上冒出的热气，脸上是纵横交错的伤疤。看上去，既狰狞，又有深深的落寞。良久，他抬起头，环视着四周。最后，方木面向魏巍，轻声问道：

“朱志超——就是你在墓地对我说的那个人？”

魏巍没有作声，只是把汤碗向他推了推。

“他死了，对么？”

魏巍依旧没有回应，起身离去。

方木低下头，轻叹一声，小口喝起汤来。

他喝得很慢，很专心，之后把汤碗里的鸡肉吃得一干二净。

等他吃完，魏巍把汤碗收起，送到厨房里。刚刚迈进厨房，她就听见方木在身后低声说道：“谢谢。”

魏巍的泪水一下子夺眶而出。

如是几天。方木的康复似乎迈过了一道坎，速度开始加快。又过了两周之后，他已经可以下床随意走动。在大多数时间里，他都默默地坐在沙发上，看着窗外那一小块天空，从日出到日落。

魏巍常常凝视着他，看他和窗口的光线构成一幅剪影。她不知道方木在想些什么，也不想知道。只要他活着，这就足够了。

尽管她很清楚，离别的时间就要到了。

一个上午，他们吃过早饭后，魏巍照例坐在电脑前浏览网页，方木却和往日有些不同。他没有呆坐着望天，而是在屋子里走来走去。他的焦躁被魏巍看在眼里，她却不动声色。最后，方木走到她身边，低声说道：“我得出去。”

魏巍看看他，平静地问道：“干吗？”

“找点事情做——随便什么都行。”方木有些不好意思地搔搔脑袋，“我总不能让你一直养着我。”

“你哪儿也去不了。”魏巍把电脑显示器转向他，“因为你已经死了。”

那是国内某知名网站的专题网页：“城市之光”出庭受审。

方木却显得无动于衷，只是扫了一眼标题，就移开了目光。

这是注定的结局，或早或晚，它都一定会来到。

“警方知道福尔马林溶液里的人不是我。”方木想了想，“用DNA技术，很容易就能查明这件事。”

“要回去么？”魏巍面向他，“重新做警察？”

“不。”方木摇摇头，“我不会回去的。”

“为什么？”

方木看着魏巍，突然笑了笑：“因为你。”

魏巍一愣，随即心下一片豁然。

江亚已然伏法，死刑的判决也是可以预见的结果。然而，方木不能再以一个生者的身份重返人间。因为一旦搞清了“无名氏”是朱志超，魏巍就难逃干系。

“无所谓。”魏巍重新面对显示器，因为她不想让方木看到自己的泪水正在眼眶里打转，“我能活到什么时候都说不定——在哪里都一样。”

方木没有回答她，只是默默地站了一会儿，就起身回房间了。

直到夜幕降临，方木也没有出来。魏巍一个人吃完晚饭，平静地洗漱完毕，就关掉电灯，躺在沙发上。

黑暗中，一间屋子，两个男女，在一墙之隔的空间里各自想着心事。

她在想着他，却不知道他在想些什么。

虽然不知道，但魏巍不希望方木想到她自己，宁愿他在想父母、同事，想那个叫廖亚凡的女孩，甚至是江亚。

你应该好好的，继续用你的智慧和勇气，化作一缕光，照亮这个城市。不要像我，用心机与仇恨折损了一生。

你已经惯于放弃与牺牲，我也能。

凌晨时分，魏巍翻身坐起，直奔卫生间而去。在浴柜里，她找出一枚剃须刀片。然后，魏巍拧开水龙头，让温水流进浴缸。随即，她拉上浴帘，抬脚跨了进去。

水流很小。魏巍不想让方木听到水声。她坐在浴缸里，渐渐感到了温水浸湿睡衣的热度，一边盯着水龙头，一边把左手腕轻轻地按在浴缸底。她暗暗祈祷水流得快一些，因为时间每过一秒，她的决心就会减少一分。终于，温水已经漫过她的手腕。魏巍捏起刀片，将刀锋按在左腕动脉上，轻轻地闭合双眼。

正在她准备用力切下去的时候，耳边突然传来浴帘被拉开的哗啦声。魏巍下意识地睁开双眼，只看到一个人影猛扑过来。紧接着，手里的刀片被夺走，那个人收力不及，整个身体也失去了平衡。

水花四溅。方木跌进浴缸，在水中紧紧地抱住了魏巍。

“不要死。”方木在魏巍的耳边低声说道，还带着微微的气喘，“要好好活着。”

一瞬间，仿佛有一道壁垒轰然坍塌。

魏巍的十指紧紧地扣在方木的后背上，在哗哗的水流中，放声大哭。

第二天一早，魏巍在温暖的床上醒来。一夜好眠。舒适且慵懒。魏巍在床上发了一会儿呆，才慢慢地披衣下床，走到客厅里。

屋子里寂静无声。魏巍从客厅走到厨房，又到卫生间，依旧不见方木的人影。她站在浴缸前，看着早已冷透的半缸水，渐渐地清醒过来。

餐桌上摆着做好的饭菜。还有一张折好的纸。

魏巍坐在桌旁，默默地看着那张纸，良久，才慢慢地打开来。

我走了。离开这个城市。请原谅我的不辞而别。不管还有多长时间，请不要死，活下去。也许在未来的某日，我们还会再见。

方木

寥寥几行字，魏巍却看了很久。之后，她把那张纸依原样折好，小心地放进衣袋里。

冬天很快过去。魏巍渐渐习惯了在这里的生活。似乎没有人注意到朱志超的消失，魏巍也乐得其所。她一个人散步，一个人睡觉。一个人在除夕夜做了年夜饭，又一个人慢慢地吃光。在鞭炮齐鸣、漫天花火的午夜，魏巍静静地看着亮如白昼的窗外，告诉自己，又活过了一年。

方木离开一段时间后，魏巍突然收到了一张来自沈阳的汇款单。金额并不大，但足以让她支付生活开销。此后的每个月，她都会收到一笔钱。尽管每张单据上都没有汇款人的名字，但魏巍知道那是谁。

他的名字已经在C市成为一个传奇。江亚被执行死刑后，警方公布了本案的全部细节，包括那个断掉了手指的警察。随着春暖花开，万物复苏，笼罩在C市上空的阴霾似乎也在慢慢散去。越来越多的人放下戒备，展露笑颜。温暖的阳光，重新开始眷顾这片土地。

唯一知道秘密的人，在不起眼的城市角落里，悄悄地生活着。

偶尔还是会想起他，猜测他在另一个城市做些什么，如何生活。是否还在果断坚决的同时，葆有善良、温暖的眼神。

在更多的时间里，魏巍会回顾自己的一生。尽管这听上去是人之将死的不祥征兆，然而她并不在意这些。在这漫长又短暂的10年中，魏巍早已学会平静地接受生活给予的一切。甚至当她拎出记忆中那些不堪回首的画面时，她仍然感受不到丝毫的悔意或痛惜。在恰如其分的时间里遇到恰如其分的人，实在不必惊喜，或者遗憾。

活下去。只要活下去。让每一次呼吸，都不辜负那个警察的隐姓埋名和背井离乡。

春天之后是夏天，偶有枯叶飘落的时候，秋天来了。

在本该收获满满的季节，魏巍的身体却越来越差。头疼的频率开始加快，每一次从昏迷中醒来，都仿佛在生死边缘走了一遭。

方木寄来的钱，除了必要的生活费用之外，几乎都被魏巍用来购买止痛药了。然而，即使吞下整盒药片，除了眩晕与剧烈的呕吐外，痛感已经不肯再减轻半分。魏巍甚至能清晰地感觉到肿瘤在一点点膨胀，不动声色地侵蚀着她本就剩余不多的生机。

一天中午，魏巍在厨房准备简单的午饭。当她把油烧热，准备去磕开一个鸡蛋的时候，突然感到一阵剧痛从头部传至全身。仿佛一枚炸弹在脑中爆开，又好像数根烧红的钻头直插颅腔。

魏巍的身体抽搐起来，手中的鸡蛋砰然坠地，散开一片黄白相间。眼睛痛得睁不开，她摸索着关闭了煤气，然后，手扶着墙壁，跌跌撞撞地挪到卫生间。

本想用冷水洗洗脸，然而，当她看到镜子中的自己，整个人都愣住了。

两行鲜血顺着她的鼻孔流淌下来。魏巍用手抹了一下，苍白的面庞立刻变成了大花脸。她拧开水龙头，撩起冷水洗着鼻子。然而，血越流越多。很快，一盆冷水都被染成了淡淡的红色。

同时，越来越明显的眩晕感和沉重感渐渐袭来。魏巍觉得自己的脑袋好像变成了几百斤重的铅块。

她停止擦洗，双手扶在洗手盆上，看着鲜血一滴滴地落在池水中，消散，融入越发浓重的红色中。

突然，魏巍笑了笑。

终于来了。

终于没能撑过这一年。

她忍着剧痛，迅速行动起来。先是伸手取下毛巾，捂在鼻子上，然后，魏巍用另一只手在浴柜里快速翻找着。几秒钟后，最后一支杜冷丁被她捏在手里。

在那些疼到生不如死的漫漫长夜里，魏巍都没有用到它。因为，她需要它帮助自己支撑到最后一刻。

因为，还有一件事需要去做。

静脉推注后，魏巍取下脸上的毛巾。血还在流，但已经不像刚才那般汹涌。魏巍洗了把脸，扎好头发。本想再略化一下妆，然而，她的身体已经有些不听使唤。于是，魏巍放下粉饼，拿出口红在灰白的嘴唇上涂抹了几下。

做完这一切，魏巍扶着墙，走到厨房，从抽屉里取出一把细长的水果刀，藏在袖子里。随即，开门下楼。

101室的男人打开门，疑惑地上下打量着楼上这个深居简出的女人。

“你找谁？”

“吕哥，我是朱志超的女朋友。”女人脸色苍白，唯独嘴唇红艳夺目。

“你有事么？”

“朱志超撇下我跑了。我病了，头疼得厉害。你能不能借我点钱？”女人眉头紧锁，眼睛半眯着，似乎被疼痛折磨得不轻。

“这个……”男人有些犹豫，脸也慢慢拉长。

“我只借200块钱。而且，”女人突然解开了睡衣的两颗扣子，“你想怎样都行。”

男人盯着她敞开的胸口，喉结上下滚动了一下，随即让开身子。

“进来吧。”

这是一间老式格局的一室一厅，阴暗，脏乱。客厅里只摆放着沙发和一张当作电视柜的桌子。褪色的木质地板上到处丢满了衣服和酒瓶，仿佛一个垃圾堆。在垃圾堆的中间，小女孩只穿着背心和内裤，光着两条腿，呆呆地看着电视屏幕上的乒乓球比赛。

她是如此专注，似乎对周围发生的一切都漠不关心，即使是父亲拽着一个陌生的女人进了卧室。

撕扯声。解皮带的声音。床铺咯吱作响。最后，是一声短促的尖叫。

小女孩毫无反应，依旧保持着刚才的姿势，一动不动。

几分钟后，那个陌生的女人走了出来，还带着粗重的喘息。

女人径直走向沙发旁的电话机，颤抖着拿起话筒，按下三个数字。

小女孩慢慢地转过头来，看到女人握着话筒的手沾满了红色的黏稠液体。

“喂？同发热力公司家属区6号楼101室，杀人了。”

说完这句话，女人就挂断电话，转身看着小女孩，笑了笑。

“别进卧室。好好活下去。”

随即，女人就踉踉跄跄地走到门旁，打开门，走了出去。

室内一片死寂。小女孩慢慢地站起来，仿佛第一次来到这里似的环视四周。当她的目光投射到卧室门口蔓延出来的一摊红色液体时，女孩的视线稍稍停留了片刻。

最后，她转头面向女人消失的地方，嘴角微微上扬。

秋意盎然，阳光正好。

魏巍走在街上，脚步蹒跚，满眼都是炫目的白光。

路人们惊恐地躲避着，看着这个面露微笑、目光散乱、浑身上下都沾满了血迹的女人。有人窃窃私语，有人摸出电话报警，还有的人打算上前搀扶，又踌躇万分。

越来越明显的麻痹感渐渐传遍魏巍的全身。她已经不能思考，只觉得身体轻飘飘的，似乎随时可以飞跃起来。这让她有一种平静又喜悦的感受，仿佛迎接她的不是冰冷的死亡，而是温暖祥和的彼岸。

走吧。走吧。

穿过秋日与冬季。穿过仇恨与纠缠。穿过杀戮与拯救。穿过无尽的轮回，直达那绿草遍地，颂歌吟唱的所在。

与你此世永别，与你两生相望。

春天的花，将开在何处？